행복 비빔밥

행복 비빔밥

초판 1쇄 인쇄일 2016년 10월 14일
초판 1쇄 발행일 2016년 10월 24일

지은이 이영철
펴낸이 양옥매
디자인 이수지
교 정 조준경

펴낸곳 도서출판 책과나무
출판등록 제2012-000376
주소 서울특별시 마포구 방울내로 79 이노빌딩 302호
대표전화 02.372.1537 **팩스** 02.372.1538
이메일 booknamu2007@naver.com
홈페이지 www.booknamu.com
ISBN 979-11-5776-291-0(03810)

이 도서의 국립중앙도서관 출판시도서목록(CIP)은 서지정보유통지원 시스템
홈페이지(http://seoji.nl.go.kr)와 국가자료공동목록시스템
(http://www.nl.go.kr/kolisnet)에서 이용하실 수 있습니다.
(CIP제어번호 : CIP2016024775)

행복

happiness

비빔밥

이영철 지음

책과나무

지금의 나는 과거의 내가 데려다 준 것임에 틀림없다. 과거의 내가 어떤 생각을 하고 어떤 행동을 했는지가 정확히 담겨져 있는 것이 바로 오늘의 나다.

한때 나는 주어진 인생을 방어하며 살기도 급급했다. 힘든 세파에 이리저리 떠밀려 하지 않아도 될 일을 하고, 하는 일들도 그리 신통하지 않았다. 다양한 책을 읽고 많은 곳을 여행하면서 행복한 인생은 무엇인지 생각해 보았다. 그것은 다름 아닌 작은 일에도 감사하고 사랑하며 사는 것이었다.

감사에는 신비한 마력이 있다. 감사하는 순간 모든 일들이 술술 풀리는 것을 경험해 본 적이 있는가? 나는 감사에 대한 글을 읽고 그대로 실천해 보기로 했다. 살아 있음에 감사하고, 건강함에 감사하고, 가족과 일터가 있음에 감사하는 것이었다. 그 결과, 생각지도 못한 놀라운 일들이 일어났다. 그중 하나는 나와 내 주변의 사람들이 훨씬 행복해져 있는 것이었다.

나는 수많은 사랑의 시를 써 왔다. 그러나 아직도 나는 사랑의 실체를 분명히 정의할 수 없다. 사랑하라는 말을 수없이 들어 왔고, 모두

들 사랑 노래를 부르며, 사랑에 목말라 하고 있다. 사랑이란 내 입장
을 내려놓고 상대방의 입장에 서서 공감하는 것이다. 사랑이란 그렇
게 거창하지 않다. 작은 사랑에도 사람들은 진한 감동을 받는다. 겉으
로는 넘치는 현대인의 사랑 속에 우리 모두가 사랑의 절대빈곤자는 아
닌지 모르겠다.

　나는 이 책에 작은 감사와 사랑을 버무려 나만의 행복비빔밥을 밥상
위에 차려 내었다. 교수로서 학교에서 일어난 제자와의 소소한 일상
과 신앙인으로 살아오면서 느낀 하나님과의 내밀한 이야기를 담았다.
그리고 일상에서 내가 살아오고 경험한 것과 지금까지 여행한 몇 곳의
멋진 추억과 감회를 여과 없이 쓰려고 노력하였다.

　나는 지금도 행복한 꿈을 꾼다. 그 행복한 꿈을 이루기 위하여 도전
하고 변화하기를 주저하지 않는다. 내 인생의 푸른 정원에 감사와 사
랑, 행복의 꽃을 멋있게 가꾸고 싶다.

2016년 10월
道雨 이 영 철

목차

자전거와

나의 꿈

1

카미노 데

산티아고

2

목차

감사
일기

3

붉은 장미의

도시

4

1

자전거와
나의 꿈

행복은 습관이고, 연습할수록 커진다.

- 영국 BBC 다큐멘터리 -

좋은 생각

교육받았다는 것은 무엇을 얼마나 배웠느냐의 문제가 아니다.

중요한 건 생각하는 방식이 바뀌었느냐는 점이다.

― 허슈바츠, 시인의 언어로 화학을 말하다 ―

사람들은 좋은 생각을 잘 하지 않는 경향이 있다. 그래서 좋은 생각을 하자고 『좋은 생각』이라는 잡지를 만들었나 보다. 나는 여행을 할 때 간혹 이 잡지를 사서 읽은 적이 있다. 잡지를 읽어 보니 많은 사람들이 나름 좋은 생각을 하고 있었다. 후일 내가 좋은 생각을 하는 데 『좋은 생각』 잡지가 도움이 된 게 분명하다. 이왕 생각하는 거 나쁜 생각보다는 좋은 생각을 한다면 얼마나 좋을까? 좋은 생각은 세상을 밝게 하고 살맛나게 한다.

내가 지금 신고 있는 양말엔 '좋은 생각'이란 글자가 새겨져 있다.

그러니까 5년 전, 스승의 날에 내가 지도하고 있는 동아리, 우석대학교 사범대학 특수교육과에 '지(知)와 사랑의 아우토반' 학생들이 좋은 생각 이벤트에 참여하였다. 이 이벤트는 스승에 대한 감사의 편지를 응모하면 편지 한 통에 양말 한 켤레씩 내게 배달되도록 되어 있었다.

그때 내가 받은 양말은 30켤레가 넘었다. 나는 아버님과 형제들에게 양말을 몇 켤레씩 선물하였고, 주변의 지인들에게도 나눠 주었다. 사람들은 영문을 몰라 했지만 나는 학생들에게 받은 사랑을 생각하며 한동안 기분이 업(up)되어 룰루랄라 흥얼거렸다. 학생들이 어떻게 이런 기특한 생각을 했을까. 고마움과 함께 배달되어 온 편지를 읽고 또 읽어 보곤 하였다. 그리고 책장의 잘 보이는 위치에 편지들을 철해 고이 모셔 두었다.

학생들이 나를 끔찍이 챙기듯이 나는 학생들과 좋은 추억을 만들기 위해 노력한다. 뭐랄까, 우리는 서로 아름다운 동행 관계를 맺고 있다. 동아리 신입생 환영회, MT, 스승의 날 행사, 1년에 한 번 우리 집으로 초대하기, 동아리 가족의 밤 등 많은 행사를 통해 우리는 서로 좋은 경험과 추억을 공유해 왔다.

열띤 경쟁을 통해 대학에 들어온 대학생들이지만, 신입생은 아직도 어딘가 대학생으로선 어설퍼 보인다. 솔직하게 말하면 아직 고딩 티를 확 못 벗고 있다. 신입생 환영회 때 자기소개를 하는 모습을 보면 순진하고 귀엽기만 하다. 하루하루 시간이 지나면 틀이 잡히고 믿음직한 사람이 되어 가겠지. 좋은 동아리 선배를 만나 4년 동안 대학 생활을 멋있고 재미있게 해나가리라 상상해 본다.

MT는 그야말로 대학 생활의 꽃이다. 나는 동아리 MT에 가능한 한 시간을 내어 참석해 왔다. 학생들과 게임도 하고, 대화도 하면서 날밤을 새우곤 했다. 나는 학생들과 똑같이 게임을 하는데, 게임에 대한 나의 열정에 학생들이 고함을 치며 환호를 보낸다. 게임하는 사진이 인터넷의 카페를 장식하면 우린 다시 배꼽을 잡고 웃곤 했다. 가장 기억에 남는 게임 중의 하나는 남녀 학생이 번갈아 줄을 서서 입으로 투명 TP용지를 빨리 옮기는 것이었다. 사진을 찍어 놓으면 TP용지가 보이지 않기 때문에 흡사 뽀뽀를 진하게 하는 것 같다. TP용지를 떨어지지 않게 하기 위해 간혹 정말 엽기적인 포즈가 나와서 뭇 사람의 배꼽을 쏙 빼놓는다.

나는 MT를 통해 학생들과 함께하며 그들 청춘의 고민이 무엇인지, 사랑의 애환은 무엇인지를 어렴풋하게나마 이해하고 있다. 4년의 세월이 훌쩍 지나면 학생들은 졸업을 하고 대부분 특수교사로 근무하게 된다. 하지만 아직 임용이 되지 않고 기간제 교사를 하거나 칠전팔기 임용고시에 도전하는 학생들도 있다. 그런 학생들을 보면 마음이 짠해지면서 측은한 생각이 든다. 좋은 생각을 하고 착하고 선하게 살아가는 학생들이 감당하기엔 임용고시의 벽이 너무나도 높아 보인다.

좋은 생각의 편지를 여기서 다 까발릴 순 없다. 교수님 사랑합니다, 교수님 존경해요, 교수님이 안 계신 아우토반은 앙꼬 없는 찐빵이요 냉차장사 없는 사막이라며 너스레를 떠는 학생도 있다. 그런데 그 말에 오히려 기분이 좋은 것은 내가 영~철이 없는 교수이기 때문일 것이다. 어떤 학생은 꼭 주례를 서 달라고 편지를 썼다. 그 친구 결혼할 때 난 주례를 섰었다. 벌써 예쁜 딸을 낳아 알콩달콩 행복하게 살고 있으니 좋은 생각이 열매를 맺었다고 해도 되겠지.

스승의 날에 모두들 모여 가슴 뭉클하게 스승의 날 노래도 불러 주고, 정성어린 선물도 해 준다. 그리고 기념사진도 찍어서 액자에 넣어 주기도 한다. 스승 된 보람을 느끼는 순간임에 틀림없다. 하지만 항상 마음 한구석이 허해지는 것은 온몸과 마음으로 그들을 사랑해 주지 못하고 있는 나임을 알기 때문이다. 학생들과 교정에서 같이 교감을 느낄 수 있음에 난 항상 감사한다. 인생 선배로서 그들에게 조금이라도 보탬이 되었으면 좋겠다. 또 좋은 생각의 본보기를 늘 보여 주었으면 하는 바람을 갖고 있다.

가을이 되면 난 정성스레 요리를 하고 학생들을 초대한다. 학생들은 한껏 기대를 하고 와서 맛있게 음식을 먹는다. 교수님 요리 솜씨 최고라고 학생들이 엄지손가락을 치켜들면 나의 피곤은 눈 녹듯이 녹아내린다. 학생들은 인증샷을 찍어서 영슐리(애슐리를 빗대어 내 이름 자를 넣어서) 레스토랑의 멋진 한순간을 카페에 올린다. 식사 후 우리는 시를 낭송하기도 하고, 재미있는 윷놀이를 비롯하여 게임과 이야기를 하면서 시간을 보낸다.

겨울방학이 오기 전에 졸업한 선배들을 초청하는 동아리 가족의 밤 행사가 열린다. 기수별로 다 모이는 행사지만 아직도 모임은 활성화되지 않고 있다. 현장에서 한창 일할 때이기도 하고 아이들 키우느라 정신없을 것이 뻔하다. 그러나 세월이 지나면 모임도 활성화되고 좋은 생각의 씨앗들을 거두는 보람찬 만남의 장을 마련할 것이라 믿는다.

좋은 생각의 양말이 이제 몇 켤레 남지 않았지만, 지난 추억은 생생하게 살아 있다. 또 기억에 남는 이벤트를 언제 해 줄지 마음속으로 은근히 기다리는 나는 아직 철들려면 한참 멀었다.

콩나물 콘서트

하루 3시간, 일주일 20시간, 10년간 연습하면
무엇이라도 이룰 수 있다.
- 말콤 글래드 웰, 1만 시간의 법칙 -

세상에는 정말 많은 콘서트가 있다. 하지만 그중에서도 콩나물 콘서트는 아주 특별한 콘서트이다. 콩나물 콘서트는 우석대학교 특수교육과 학생들이 지금까지 개최해 오던 '장애학생예능제'의 새로운 이름이다. 학생들의 발상이 순수하고도 재미있다.

예로부터 우리는 음표를 콩나물로 비유하였다. 콩나물을 보면 악보가 떠오르고, 노래가 떠오르고, 음악을 생각하는 버릇이 있어 왔다. 콩나물의 노란 색깔은 동심의 색깔이다. 노랑 우산, 노랑 비옷, 개나리, 병아리 등은 생각만 해도 귀엽다. 장애학생들의 꿈이 콩나물처럼 쑥쑥 자라라는 의미도 함께 포함하고 있으니, 마치 무거운 옷을 벗어던진 것처럼 예능제의 새 이름은 신선하게 다가온다.

콩나물 콘서트를 개최하는 데는 수많은 어려움이 따른다. 하지만 온갖 난관을 뚫고 학생들이 행사를 진행하는 일을 지켜보는 과정은 학생들을 자랑스럽게 보이게도 하지만 때로는 눈물겹다. 제일 중요한 것이 행사를 개최하는 데 드는 비용 마련이다. 학생들은 예산을 세우고 어떻게 예산을 충당할지 고민에 고민을 거듭하면서 다양한 방법으로 예산을 확보하기 위해 최선의 노력을 한다.

기본적으로 학과와 학교의 부처에 도움을 요청한다. 하지만 예산이 따로 잡혀 있지 않은 상황에서 행사에 충당할 만한 예산 확보는 빙산의 일각에 불과하다. 학교 주변의 스폰서를 구하는 것도 녹록하지 않다. 대학생들의 수많은 행사에 학교 주변 식당 사장님들이 매번 어떻게 지원을 해 주겠는가? 올해는 학생들의 기지로 행사를 지원해 주는 프로젝트 '상상 유니브'에 도전하여 채택되었기 때문에 그나마 수월하게 예산을 확보할 수 있었다.

콩나물 콘서트를 하는 수개월 전부터 학생들은 전국의 특수학교에 행사 관련 공문을 발송한다. 참가하는 팀이 정해지면 어떤 주제와 종목으로 출전할 것인지 확인해야 한다. 그리고 참가하는 학생들을 도울 자원봉사자를 대내외에서 모집한다. 그리고 학생회 간부들이 혜안을 짜내어 행사 당일 일정을 정한다. 행사는 우석대학교의 문화관에서 진행되며, 행사 당일 학생들이 직접 조명과 배경음악 등을 맡아 조율하게 된다.

행사 당일 아침 9시부터 각 팀들의 리허설이 이어진다. 리허설이 끝난 학생과 일찍 온 학생들이 심심해하지 않도록 학생들은 코너별 다양한 체험 행사를 진행한다. 얼굴에 예쁜 문양을 그리는 페이스 페인팅으로 참가한 학생들의 얼굴에 웃음꽃이 활짝 피었다. 풍선 아트 코너에서는 아이들이 저마다 풍선을 불거나 도우미들과 하트 모양, 동물 모양을 만들고 있다. 커다란 윷을 힘껏 던지며 '윷이야!'라고 소리를 지르기도 한다. 아이들이 좋아하는 곰돌이와 구피, 바둑이의 옷을 입은 학생들과 참가한 학생들이 서로 껴안고 사진을 찍고 있다. 오늘은 모두가 주인공이 되는 멋진 축제의 날이다.

특수학급과 특수학교, 그리고 시설을 벗어나 오랜만에 장애학생들이 누나·오빠들과 함께 신나게 즐기고 있다. 얼마나 사람들이 그리웠으면 손을 꼭 잡고 절대 놓지 않는다. 점심시간이 되면, 참가한 학생들과 자원봉사자들이 조를 맞춰 함께 식사를 한다. 모두들 입이 즐거우니 마음도 흥겹다. 점심시간이 끝나고 드디어 콩나물 콘서트의 화려한 막이 오른다.

총장님의 따뜻한 격려사에 참가한 학생들이 박수를 치고 고함을 지른다. 아마도 많은 학생들이 총장님께서 무슨 말씀을 하시는지 모를 것이다. 하지만 그게 무슨 대수이랴. 학생들의 긴장을 풀게 하기 위해서 먼저 신기한 마술쇼가 펼쳐졌다. 넋을 잃고 쳐다보는 학생들. 마술사가 빚어내는 신기한 나라로 학생들이 몰입하고 있다. 끝날 때마다 환호하는 학생들의 얼굴마다 이미 세상을 다 얻은 표정들로 넘쳐난다.

본격적인 경연이 시작되었다. 모든 순서는 저마다 열정과 끼들로 넘쳐난다. 장애를 가진 학생들에게 훌륭한 공연을 할 수 있게 가르친 선생님들의 정성과 노력이 빛나는 무대가 펼쳐진다. 선생님들은 장애학생 개개인의 눈높이에 맞추고 나름의 방법을 적용하여 오늘 우리 학생들의 삶에 영원히 각인될 순간을 멋지게 조각해 왔다. 특수교사들은 장애학생들에게 없어서는 안 될 영원한 천사들이다.

첫 번째 순서로 J학교 20여 명의 지적장애학생들이 타악기로 〈웃다리〉를 연주했다. 일반 학생들도 하기 힘든 합주를 어떻게 연습했을까? 정말 오랫동안 반복적으로 지적장애학생들이 이해할 수 있는 방법으로 타악 앙상블을 가르쳤을 선생님의 수고가 눈에 선하게 그려진다. 그동안 갈고 닦은 실력을 맘껏 뽐내는 학생들이 너무나도 대견스럽다.

다음은 멀리 부산의 M학교에서 온 시각장애학생의 독창 순서다. 할머니, 어머니와 함께 아버지가 자동차로 4시간을 넘게 운전해 왔단다. H군을 위한 가족의 사랑과 헌신이 가슴에 뭉클하게 와 닿는다. 이미 D방송국의 성악 콩쿨에서 입상한 쟁쟁한 실력의 소유자인 H군이 〈아름다운 그대 모습〉을 열창했다. 어떻게 저렇게 맑은 소리로 노랠 부를 수 있을까? 노래를 듣는 모든 사람의 심금을 울렸다.

이윽고 대전 S학교에서 온 지체장학생들의 사물놀이가 이어졌다. 9명으로 이루어진 사물팀은 서서히 흥을 돋우더니 우리 모두의 어깨와 머리를 들썩거리게 했다. 연주는 흥겨움을 넘어 신명을 만들어 내고 있었다. 역시 우리 가락이 최고라는 생각과 함께 학생들이 사물을 얼마나 연습했을까 하는 생각에 연민이 스민다.

곧이어 E지적장애학교 학생들의 〈임실필봉농악〉 연주가 시작됐다. 나이가 많은 학생도 여럿이 눈에 띈다. 방과 후 활동으로 배웠을 텐데 춤사위와 악기 연주의 어울림이 예사가 아니다. 우리의 선조들이 농사의 피로함을 달래기 위해 해왔던 농악의 예술성이 단연 돋보이는 무대였다. 연주가 무르익어 가면서 자신들이 연주에 흠뻑 빠져들며 즐거워하고 있다. 어느새 학생들의 얼굴에 땀이 송글송글 맺혔다. 자신의 기쁜 감정을 아낌없이 발산하는 무대는 프로답게 느껴진다.

이외에도 M학교의 기악합주, D학교의 연극, J학교의 발레 등 참가한 모든 팀들의 수준 높은 경연이 펼쳐졌다. 정말 우열을 가릴 수 없는 무대들이다. 심사위원들이 머리를 맞대며 어느 팀에게 상을 줄지 고민하고 있다. 오늘은 누구나 다 상을 받아도 될 텐데 실력을 평가한다는 것이 무의미하게 느껴진다.

잠깐의 막간을 이용해 싸이의 〈강남스타일〉을 틀었다. 장애학생들이 일어서서 춤을 추기 시작하더니 모두들 무대를 점령해 말춤을 추기 시작한다. 맘껏 손을 돌리며 다리를 흔들며 흥겹게 춤을 추고 있다. 경연에 참여해 혹시 실수라도 할까 봐 얼마나 맘을 졸였을까. 그 해방감을 느끼기라도 하듯 신명나게 춤을 즐겼다.

우리는 학생들을 가르칠 때 재미있고 신나게 가르쳐야 할 텐데 그렇게 하지 못하고 있음을 저 자연스런 무대를 보며 동감한다. 장애학생들에게 맞는 방법을 우리는 아직 잘 모르고 있다. 그들의 방법으로 생각하고, 말하고, 삶을 함께하는 자세를 우리가 먼저 배워야 한다.

콩나물 콘서트는 기대와 설렘으로 시작해서 환희와 행복으로 끝이 났다. 참가한 학생들이 하루 종일 주인공이 되어 저마다 눈높이에 맞게 즐긴다. 교사와 학부모들이 장애학생들이 재능을 발표할 무대를 베풀어 준 우석대학교 특수교육과 학생들에게 고마움을 전한다. 학생들은 행사를 통해 사랑의 기적을 이뤄 낸 자부심에 잔잔한 감동을 받는다. 학생들의 많은 정성과 땀으로 준비한 콩나물 콘서트는 아름다운 추억을 수놓고 서서히 아쉬움의 막을 내린다.

그대들의 열정이 아름다운 세상을 만들 그날까지, 콩나물 콘서트는 영원하리라.

한식 뷔페 요리사

자신의 것을 잃지 않으면 / 누구에게도 나누어 줄 수 없고 /
자신을 나누지 않는 사람은 / 시간과 함께 어둠 속으로 사라진다.

- 박노해, 나눔의 신비 -

　　남자가 요리를 하는 것이 이제는 흉이 되기보다 장점으로 부각되
고 있다. 아니, 여자들이 선호하는 남성 타입 중의 하나가 요리를 잘
하는 남자가 되고 있다. 요리는 하나의 예술이다. 여러 가지 식재료
로 맛있는 요리를 만들어 내는 것은 예술의 경지이다. 요리를 잘하기
란 쉽지 않다. 그뿐만 아니라 요리의 기본인 양념을 하고 불의 온도
를 조절하는 것은 평범한 한국의 직장 남성들이 하기에는 생각보다
어려운 점이 많다.
　　중국과 프랑스에서는 머리가 좋은 남자가 요리사가 된다고 한다.

그것도 일류 요리사들이 남성이라니, 처음엔 믿기 어려웠지만 대부분 일류 호텔과 음식점의 주방장은 남성인 경우가 많다. 요즈음은 일찍부터 학교에서 성차별하지 않고 요리를 가르친다. TV에서는 먹방이 늘어나고 요리경연대회도 많이 생겨났다. 아이들의 꿈이 셰프라고 하는 것만 봐도 얼마나 우리 사회가 바뀌었는지를 짐작하게 한다. 바람직한 현상이라고 생각한다. 주거 환경이 바뀌고 남성들도 충분히 주방에서 일할 수 있고 특히 맞벌이 부부에게 음식 만드는 것은 꼭 여성의 몫이라고 강요할 수만은 없기 때문이다.

우리 어머님은 요리를 잘하셨다. 어떤 음식 재료든 어머니의 손을 거치면 맛있는 요리가 되어 나오곤 했다. 어릴 때는 먹을 것이 많이 없었지만, 그래도 식사 때마다 다양하고 맛있는 음식을 먹고 자랄 수 있었던 것은 어머니의 손맛, 정성과 부지런함이 있었기 때문에 가능하였다.

결혼을 하고 직장이 멀리 떨어져 있는 관계로 주말부부를 하게 되었다. 혼자서 잘 챙겨 먹는 것은 어떤 남성에게나 힘들고 고통스럽다. 그래서 좋은 식당을 만나는 것은 식사를 해결할 수 있는 행운의 기회가 된다. 내가 혼자서 객지 생활을 시작하면서 만난 식당의 주인은 음식 솜씨가 좋을 뿐만 아니라 정이 철철 넘치는 익산의 모교회 권사님이셨다. 식사하러 가면 맛있는 음식을 듬뿍해 주셨기 때문에 나는 정말 맛있게 많이 먹은 것 같다. 그래서 나의 허리가 배둘레햄이 되는 결과를 가져왔다.

후에 권사님이 식당을 그만하시게 되면서, 나는 이리저리 정이 넘치는 식당을 찾아 옮겨 다니게 되었다. 무엇보다도 아침 식사를 해결하는 것이 쉽지 않았다. 그래서 빵, 떡, 죽, 선식 등 여러 가지 간편식을 시도해 보았다. 하지만 밥을 먹은 것처럼 생각되지 않고 뭔가 허전하고 심리적 박탈감이 찾아왔다. 아침 식사로 밥을 챙겨 먹는 것이 하루의 일과를 충실하게 하는 데 도움을 주었기 때문에 어쨌든 밥을 챙겨 먹으려고 노력하였다. 그러다 보니 자연스럽게 요리에 관심을 갖게 되었다.

주말, 특히 토요일이 되면 아침에 잘 먹고 잘 사는 요리방송 프로그램이 각 방송사별로 진행되고 있었다. 나는 서서히 요리 방송에 빠져들고 있었다. 정말 다양한 요리들이 있음을 알게 되었고, 나는 한식에 특히 신경을 쓰고 보게 되었다. 때론 방송을 보고 직접 실습도 해 보며 가족들에게 음식을 만들어 내놓으니 맛있다고 하면서 엄지손가락을 치켜세워 주곤 하였다.

10여 년 전에 미국에 교환교수로 가게 되었다. 그때까지만 해도 내가 잘할 수 있는 음식은 고작 라면 끓이기였다. 김치와 스프 반 정도를 물에 넣고 끓이다가 물이 팔팔 끓으면 면을 넣고 파나 양파 등을 넣어 면이 적당하게 익으면 불을 끄고 살짝 뜸을 들이는 방법이었다. 너무 짜지 않으면서도 국물 맛이 시원하고 채소의 향긋함이 살아 있는 일품요리여서 가족 모두가 좋아하곤 했다. 그래서 라면 끓이는 것은 무조건 내 담당이었다.

미국에서 세끼 밥을 먹으며 사는 생활은 결코 쉽지 않았다. 밥만 하면 되는 게 아니라 밥에 맞는 반찬을 해야 되기 때문이었다. 미국까지 왔으니 양식을 해먹으며 살다 가면 되는데, 몇 십 년을 먹어 온 식습관이 하루아침에 변하기는 어렵다. 그래서 한식에는 맞지 않지만 비슷한 식재료를 사다가 한식 요리를 해 먹게 되는 게 현실이다.

바쁘다는 핑계로 지금껏 요리를 잘 하지 않던 나의 아내도 시간이 생기니까 이것저것 해먹는 시도를 하기 시작했다. 오랜만에 둘이서 쇼핑을 하고 음식을 해 먹는 것에 조금씩 익숙해지기 시작했다. 우리 부부의 요리 실력도 조금씩 나아져서 손님도 가끔씩 초대하였다. 손님 초대는 집으로 해야 했기 때문에 머리를 맞대고 열심히 음식을 만들던 생각이 난다. 특히 물김치를 만들어 이웃 한인들에게 조금씩 나누어 주었더니 정말 맛있다고 하면서 어머니 손맛이 난다고 하였다. 이참에 여기에 눌러앉아서 김치를 만들어 장사하면 돈을 많이 벌 수 있을 거라고 교포들이 농담 아닌 농담을 하곤 했다.

귀국 후 나는 일 년에 한두 번씩 음식을 만들고 학생들을 집으로 초대하는 행사를 시작했다. 나는 학생들이 좋아하는 음식 몇 가지와 한식으로 상을 차려내곤 했다. 갖은 채소와 과일, 방울토마토, 새싹, 파프리카, 견과류 등을 버무려 넣고 나만의 소스를 만들어 살짝 뿌려서 내는 건강식 샐러드, 호박전, 두부전, 부추전, 해물 동그랑땡을 해서 차려내는 모듬전, 오징어 회 무침, 학생들이 좋아하는 치킨이나 떡갈비, 계절에 따른 몇 가지 요리와 맛있는 국과 밥을 하면 한식 뷔페 요리상이 만들어진다. 학생들은 음식이 너무 맛있다고 하면서 교수님이 정말 다 요리하신 것 맞아요? 질문을 쏟아내며 잘도 먹는다. 그리고 사진으로 인증샷을 찍어서 카페에 올리며 맛있는 영술리에 갔다 왔다고 다른 학생들에게 자랑을 늘어놓는다.

나는 2008년 국립싱가포르대학교(NUS)에 교수님 몇 분과 함께 글로벌 영양 강화 연수에 참여하였다. 우리들은 대학교 내의 게스트 하우스에 살게 되었는데, 모두들 먹고 사는 것이 쉽지만은 않았다. 그래도 싱가포르에는 저렴한 가격의 맛있는 음식들을 언제든지 사 먹을 수 있어서 주로 매식을 하곤 했다. 한식이 생각날 때쯤 나는 여러 가지 식재료를 사다가 룸메이트 교수님의 도움 없이 한식 뷔페를 차리고 교수님들과 그 가족들을 초대하였다. 모교수님 왈, 귀국하면 학교 앞에 한식뷔페식당을 차리면 정말 장사가 잘될 거라고 하면서 한식뷔페식당을 차릴 것을 적극 추천하였다.

음식에 관한 관심과 시간의 투자, 그리고 실습을 통하여 약간의 음식 궁합을 알게 되었고 불을 조절하는 요령도 터득하게 되었다. 사람들은 내게 어떤 요리를 잘하는지 묻곤 한다. 그럴 때마다 나는 냉장고에 있는 것으로 대충한다고 대답한다. 그러면 사람들은 "와우! 우리 엄마 수준이네!"라고 감탄사를 보낸다. 그렇다. 내가 해먹고 싶은 웬만한 것은 다 할 수 있다. 단지 요리사 자격증이 없을 뿐……. 우리 집 내무부장관은 이참에 한국 전통음식의 수도인 전주의 요리학원에서 한식조리사 자격증을 취득하면, 자기가 많이 행복할 거라며 내 마음을 살짝 저울질해 본다.

자전거와 나의 꿈

상상이 현실을 창조한다. 상상력이 지식보다 더 중요하다.
- 아인슈타인 -

내가 어린 시절을 보낸 곳은 경북 영천군 북안면에 있는 조그만 시골 동네였다. 1960년대의 시골이란 다 그러했지만 전기도 없었고, 5일장이 서는 동네에 신작로를 따라 뽀얀 먼지를 날리며 버스 한 대가 저녁에 왔다가 한숨 자고, 아침에 휑하니 떠나면 바퀴 달린 물건이란 도무지 볼 수 없었던 한적한 곳이었다. 소 먹이러 산에 갔다가 간혹 멀리서 연기를 몽실몽실 올리며 지나가는 증기기관차를 보면 큰 행운이었다. 문명의 이기가 전혀 없던 촌놈의 어린 시절이었다.

그땐 베이비 붐 시대라 동네는 크지 않아도 또래는 꽤 많은 편이었다. 동무들과 모여서 딱지치기도 하고, 구슬 따먹기도 하고, 여름에

온종일 못에서 헤엄치고, 겨울엔 앉은뱅이 스케이트를 타면서 어린 시절을 꽤 재미있게 보냈던 것 같다. 지금과는 달리 온 동네가 우리의 놀이터였다.

시골 초등(국민)학교는 여러 동네가 서로 통하는 중심에 있었다. 그래서 우리 동네에서 학교로 가기 위해서는 꽤 먼 거리를 걸어 다녀야만 했다. 때론 논둑길로 가기도 했지만, 대부분은 신작로를 따라 책보따리를 둘러메고 다녔다. 오고 가며 동무들과 장난도 치고 재미있는 이야기도 나누면서 다닌 초등학교는 잊지 못할 생생한 추억들로 수놓아져 있다.

추억 중의 하나는 초등학교 2학년 때 담임 선생님이시다. 담임인 J선생님은 언제나 나를 살갑게 대해 주셨다. 나는 초등학교 5학년 때 시골에서 대구로 이사를 했기 때문에 그 후 선생님의 소식을 쭈욱 모르고 지냈다. 하지만 마음속엔 언젠가는 한번 선생님을 만나 뵈어야지 하는 생각이 늘 머리를 맴돌고 있었다.

나중에 교수가 되고 선생님을 만나 뵙는 기회가 찾아왔다. 박사과정 때 대구교육대학교에서 특수교육학 강의를 했는데, 그때 K교수님께 J선생님을 혹시 아시느냐고 물어본 것이 선생님을 찾는 계기가 되었다. 나의 아내와 함께 찾아가 뵌 선생님은 젊은 시절의 모습은 아니었지만, 초등학교의 멋진 교감 선생님이 되어 계셨다. 온화한 미소로 따뜻하게 맞아 주시던 선생님은 여전히 존경스런 스승님이셨다. 하지만 사모님은 정말 자전거를 태워 주셨냐며 세월만큼이나 변한 선생님의 마음을 믿지 못하시겠다고 농담처럼 말씀하셨다.

J선생님은 교육대학교를 졸업하시고 고향의 초등학교에 초임 발령을 받고 오신 듯했다. 선생님은 내가 사는 동네보다 조금 더 먼 곳에 사셨는데, 자전거를 타고 출근을 하셨다. 그때 내 눈엔 반짝거리는 자전거는 신기하기만 했다. 그런데 선생님은 출근 때 학교에 가는 나를 만나면 항상 자전거에 태워 주셨다. 자전거 뒤쪽에는 도시락이 까만 고무줄로 매어져 있었고, 나는 자전거 핸들과 좌석 사이의 중간, 그러니까 선생님의 품속에서 핸들을 잡고 신나게 학교로 갔다. 그때는 자전거를 탔다는 사실만으로도 얼마나 행복했던지.

　철이 없던 어린 시절이었지만 나중에 커서 나도 선생님처럼 새 자전거를 사서 멋있게 쌩쌩 달려야지 하는 생각을 하였다. 그때 자전거가 좋아서 선생님을 하고 싶었는지, 선생님이 되어서 멋진 자전거를 사고 싶었는지 분명한 기억은 없지만, 하여튼 선생님은 나에게 커다란 존재로 다가왔다. 촌놈의 대구 입성은 그 자체가 힘들기도 했지만 새로운 환경에 적응하느라 정신없이 날아갔다. 중학교 입학시험, 고등학교 입학시험, 그리고 대학의 예비고사로 점철된 청소년 시절은 당면 과제를 해결하기에도 늘 나에게 벅찼다.

　나의 꿈이 무엇이었는지는 분명하지 않다. 하지만 어릴 때 신작로를 달리면서 먼 산을 바라보며 선생님이 되어야지 하는 생각을 했던 것 같다. 후에 고등학교에 와서 진로를 선택하게 될 때 무엇을 하고 살까 하는 큰 고민을 했던 게 사실이다. 특히 고 2때 문과냐 이과냐를 놓고 씨름하는 것은 인생의 진로를 정하는 그야말로 실존적인 선택이다. 나는 중학교 때 호랑이 수학 선생님을 만나 기본기를 놓쳐 버린 수학 과목 때문에 두말할 것도 없이 문과를 선택하였다. 희미하게나마 그 속에서 나의 먼 미래를 찾아보려고 애썼던 것 같다.

고등학교 때의 나의 꿈은 외교관이었다. 후에 나의 고등학교 생활기록부를 보니 학생의 희망란에 분명하고 똑똑하게 '외교관'이라고 쓰여 있었다. 고등학교를 졸업하면서 나는 원하는 대학의 학과에 진학하지 못했고 재수를 하게 되었다. 재수는 인생의 필수라면서 밀려오는 불안감을 애써 참으며 시립도서관에서 새로운 출발을 시작하였다. 그땐 대학진학률이 15% 정도였으니 대학생이란 말 그 자체가 동경의 대상이었다.

재수를 하면서 나의 꿈은 멋진 마도로스가 되어 세상을 누비는 것으로 바뀌었다. 친구 중의 하나가 나를 꼬드겼다. 아, 모든 것을 훌훌 털어버리고 망망대해를 헤쳐 나가며 멋진 항구를 돌아다니며 이국(異國)의 화려한 생활을 해 본다는 것, 얼마나 멋질까? 나는 정신이 홀딱 빠져나가 그쪽 방향으로 공부를 하기 시작했다. 그러나 특차인 해양대학교의 입학시험은 전형이 바뀌는 바람에 실력 발휘도 제대로 못한 채 떨어졌다.

대학 진학을 포기하고 군 입대를 해야 하느냐 하는 고민에 빠졌다. 그 후 나는 운 좋게도 K대학교 영어영문학과에 입학해서 영어 교사가 되는 과정을 밟게 되었다. 졸업 즈음 저녁 땅거미가 내려앉던 교정에서 나중에 기회가 되면 교육학 쪽으로 공부를 더 하고 싶다는 생각을 하곤 했었다.

졸업 후 소위로 임관하여(ROTC) 철책소대장의 군복무를 마치고 학교에서 가르치기 위한 자리를 찾았지만 쉽지 않았다. 그 당시에는 제도적으로 사립대학교의 졸업생이 공립학교에는 갈 수 없는 형편이었다. 그때는 교사의 인기가 그렇게 높은 것도 아니었고, 대기업들이 새로운 사업을 막 확장하던 터라 기업체로의 진로가 훨씬 넓은 편이었다.

나는 대기업체의 입사 기회를 놓쳐 버려서 YH라는 멋진 제약회사에 취직을 했고, 좋은 경험을 하다가 결혼을 하게 되었다. 결혼 후 아내의 적극적인 후원(와이프 장학금)으로 나는 대학원에 진학하여 교수의 꿈에 도전하였고, 마침내 그 꿈을 이루게 되었다.

하고 싶은 일을 찾아 가는 것, 꿈의 여정이다. 우린 누구나 꿈을 가지고 있고 그 꿈을 이루기 위해 노력하지만, 어떤 사람은 좌절하고 중도에서 포기하기도 한다. 돌아보니 그래도 꿈이 있었기에 오늘의 내가 있구나 하는 생각을 하게 된다. 특히 어릴 때 선생님의 품속에서 꾸었던 교사의 꿈은 후에 나를 교수로 만든 것 같다. 여러분이 어떤 형편에 있든지 꿈을 그리고 꿈을 찾아 떠난다면 그 꿈은 반드시 어떤 형태로든지 성취될 것이다.

여러분! 마음속에 진실하고 간절한 꿈을 그리세요. 누구에게나 간절한 꿈은 반드시 이루어지니까.

선물

내가 받은 축복을 하나씩 세어 보기 시작하자
나의 삶 전체가 좋아지기 시작했다.

- 윌리 넬슨 -

    우리 모두는 선물받기를 좋아한다. 선물은 정성과 마음이 담겨 있어서 선물 준 사람을 생각하게 한다. 살다 보면 받은 은혜에 마음 표시를 해야 할 때가 많다. 나는 선물하기를 좋아한다. 비싼 선물은 아니더라도 작은 것들을 챙기거나 재미를 더하기 위해 선물하는 것을 즐긴다.

    나는 가족들의 기념일을 챙기는 것을 좋아한다. 아내와 딸의 생일이나 기념일에 예쁜 카드와 함께 작은 선물을 주어 기억에 남도록 한다. 짧은 인생에 추억거리를 더한다고나 할까. 그리고 해외여행 시에 작은 소품들을 챙겨 와서 지인들에게 나눠 주기도 한다. 나아가 나의 주변에 있는 교수님들과 학생들에게도 작은 선물을 챙겨서 마음을 전하는데, 선물을 주면 내 기분이 좋아지는 것을 느낀다.

나는 또 내가 준 선물보다 많은 사람에게 선물을 받아 왔다. 순수한 마음으로 전해지는 선물은 나를 기쁘게 하지만, 불순한 의도가 내포된 뇌물 같은 선물은 나를 불쾌하게 한다. 선물을 받고도 마음이 편치 않는다면 거절하여 영혼이 자유로운 쪽을 선택하는 것을 원칙으로 삼으려 노력하고 있다.

선물은 무엇보다 마음의 표시이다. 값비싼 게 좋은 것이 아니라 주는 사람이 받는 사람을 잘 헤아려 줄 필요가 있다. 그래서 선물을 고르는 것이 쉽지 않을 수도 있다. 사랑하는 마음이 듬뿍 담긴 편지는 언제나 마음을 감동시킨다. 때로 직접 만들어 주는 물건들은 사랑스럽기 그지없다.

나는 주로 학생들과 함께 생활하기 때문에 학생들의 선물을 받을 때가 많은데, 특히 기억에 남는 선물 세 가지를 소개하고 싶다.

대학원에 다니는 H군이 한번은 초란을 나에게 선물하였다. 계란은 크기가 고르지 않고 모양도 일정하지 않는 것이 대부분이었다. 닭이 처음 낳은 계란이 영양이 풍부하다고 하면서 나에게 선물로 가져온 것이었다. 아버지가 양계장을 하시는데, 몇 번이나 조류독감 때문에 양계장이 힘든 적도 많았지만 그 와중에 나를 챙겨 주는 마음이 정말 고마웠다. H군은 지금은 특수교육 현장에서 교사를 하며 결혼해서 예쁜 쌍둥이 딸을 기르고 있는 30대 초반의 가장이 되었다. 나는 주변 사람들과 나누어 먹으면서 초란이라고 힘써 강조했던 일들이 기억에 삼삼하다.

방학 때마다 나에게 멋진 사진 한 장에다 엽서를 보내 주는 여학생이 있었다. 나중에 알고 보니 공부도 잘하고 성실한 여학생이었다. 졸업하자마자 결혼을 한다면서 나에게 주례를 부탁했다. 나는 망설이다가 결국 주례를 하게 되었고, 지금은 창원에서 아들 한 명을 키우며 특수교사를 하는 B선생이 그 주인공이다. B선생의 부모님은 강원도에서 농사를 짓고 계신다. 몇 해 전 6월에 B선생의 부모님으로부터 택배 하나가 나에게 배달되었는데, 큰 상자 속에 싱싱한 강원도 강냉이 두 포대가 들어 있었다.

나는 1980년 6월에 군복무를 하기 위해 강원도 인제의 한 부대로 전속이 되었다. 강원도 산비탈 밭에 줄지어 늘어선 옥수수와 하얀 감자 꽃이 얼마나 인상적이던지 아직도 그 기억이 생생하기만 하다. 그 강원도의 추억을 다시 생각하게 하는 선물이 내 앞에 와 있는 것이다. 나는 특수교육과 학생회 간부들이 MT를 간다고 해서 충분히 먹을 수 있는 양의 강냉이를 듬뿍 챙겨 주었다. 나머지는 강냉이 겉옷을 다 벗겨서 맛있게 삶아 지인들과 나누어 먹었다. 말랑말랑한 강냉이가 얼마나 맛있던지 인증샷을 찍어 B선생에게 카톡으로 보내 감사함을 표시하였다.

K선생님은 늦게 특수교육을 공부하기 위해 제주도에서 우리 대학교 교육대학원에 진학하였다. 늦게 하는 공부라서 그런지 공부에 대한 열정이 남달랐다. 하루는 이름도 모르는 사람이 부친 귤 한 상자

가 나에게 배달되었다. 뚜껑을 열어 보니 귤은 여느 귤하고는 다르게 껍질이 거칠고 크기도 들쭉날쭉하고 껍질에 수많은 주근깨가 박혀 있었다. 내용 설명서를 보니 자연 상태에서 키운 귤이라고 적혀 있었고, 귤껍질로 귤피차를 만들어 먹을 수 있다고 하였다. 나중에 알고 보니 K선생님의 부군께서 보내 준 선물이었다. 아내와 나는 열심히 귤껍질을 말려서 귤피차를 만들었다. 드디어 귤피차를 마시는 날, 차에서 귤 향기가 얼마나 신선하고 향기롭던지 우리는 어느새 귤피차 전도사가 되어 있었다. 제주도의 맑은 해풍과 한라산의 정기가 차 한 잔에 오롯이 들어 있는 느낌이어서 너무 좋았다.

선 물

내 마음이 가 머무는 곳에
선물이 배달된다
모두들 선물받기를
학수고대하네
마음의 끝은 맞추지 않은 채

선물은 감사의 표시
주는 것이 마냥 기쁜 것
받는 사람이 기뻐하는 모습을

그리며 마음 넉넉해지는 것

정성스런 선물
오래도록 마음을 감동시키네
그런 선물
주고 싶고 받고 싶네

– 이영철의 제6시집 『행복한 바보』 중에서 –

요즈음은 선물이 넘쳐난다. 그런데 나에겐 왜 선물이 없냐고 하는 사람은 먼저 감사의 표시로 지인들에게 선물을 해 보면 어떨까. 성경에도 "내가 대접을 받고 싶은 만큼 남을 대접하라."는 말이 있는데 지당한 말씀인 것 같다. 물건이 너무 흔한 세상이라, 한국이 너무 발전되어 가고 있어서 선물하기가 쉽지 않다고들 말하는 것을 주변에서 종종 듣곤 한다.

위의 시는 저자의 졸시(拙時)이지만 선물에 대한 생각을 표현한 것같아 한번 써 보았다. 나는 학생들에게 멋진 교수가 되고 싶다. 그래서 나의 제자들이 인생을 좀 더 행복하고 멋지게 살기를 소망한다.

선물을 뜻하는 영어 단어는 'present'인데 이 말은 '지금', '현재'라는 뜻도 동시에 가지고 있다. 나는 학생들이 '지금'이라는 소중한 선물을 잊지 않고 열심히 노력하여서 장애학생들에게 멋진 교사로 서는 꿈을 성취하기를 바란다. 내가 학생들에게 주는 가장 큰 선물은 늘 '지금'의 소중함을 기억하고 깨어 있으라고 당부하는 것이다.

미리 메리 크리스마스

모든 사람의 현재 삶은 그의 과거 삶의 결과이다.

– 리처드 폴 에반스, 크리스마스 선물 –

첫눈이 내린다. 올해는 유난히 춥고 눈도 많다는데 첫눈치고 제법
흩날린다. 경기도 지역에는 폭설이 내려서 차들이 고속도로에 갇힌
다니, 우리나라도 꽤 넓은 편이다. 박사과정 수업을 끝내고 연구실
에서 서류를 정리하고 있는데 학생회장으로부터 전화가 왔다. 연구
실에 잠깐 들르겠다고.

연구실에 들어오자 대뜸 "교수님, 우리 학생회 간부들이 올라와서
인사드려야 하지만 우린 20명이고 교수님은 한분이니 학생회실로 좀
가셔요." 하면서 팔을 끌고 반강제로 나를 납치(?)했다. 학생회실로
들어서는 순간, 학생들이 파티를 준비하고 있었다. 파티명은 '미리

메리 크리스마스'였다. 학생들은 크리스마스 복장으로 치장을 하고, 어떤 학생은 산타할아버지, 나머지 학생들은 루돌프사슴 등으로 분장하여 나를 맞이했다.

학생들은 커다란 테이블 위의 크리스마스트리에다 장식을 하고 점등을 해서 한층 분위기를 띄우고 있었다. 중앙에 큰 케이크를 놓았는데 거기에 내 이름을 아름답게 써 놓았다. 그리고 케이크 앞에 학생들이 내게 정성들여 쓴 편지를 수북이 모아 놓았다.

나는 순간 어쩔 줄 몰라 당황하였고, 학생들에게 잘해 준 일도 없는데 나를 위해 파티를 해 준다는 데 대해 많이 쑥스러웠다. 그동안 학생들을 잘 보살펴 주지 못한 것이 갑자기 파노라마처럼 스쳐 지나갔다. '아앙, 이럴 줄 알았으면 좀 더 잘해 줄 걸……' 후회가 밀물처럼 밀려왔다. 갑자기 허한 마음 위에 첫눈처럼 축복의 눈이 내린다. 애써 감춰 둔 보석 같은 눈의 결정체가 물이 되어 핑그르르 흘러 떨어진다.

학생들은 저마다 예쁜 편지지에 앙증맞게 편지를 써 독특한 편지봉투 안에 넣어 놓았다. 남학생 한 명, 여학생 한 명이 편지를 대표로 읽고 케이크를 나눠 먹으면서 지난 1년을 회상하였다. 저마다 교수님이 많이 도와주셔서 학생회가 1년 동안 행사를 잘할 수 있었다고 했다. 나는 학과장으로서 적극 도와준 것도 없어서 괜히 부끄러웠지만 "쌩유!"라는 말로 감사를 표시했다.

학생들이 쓴 편지 몇 통을 소개하면 다음과 같다.

To. 교수님♡♡

교수님, 안녕하세요^^

10학번 특별한 학생회 '서기' LKH입니다!

이번 교수님 파티 콘셉트는 미리 메리 크리스마스로 제가 기획했습니다. ㅋㅋ 감동!! 쓰나미처럼 몰려오셨나요?? 교수님은 매년 저희 제자들에게 항상 선물만 주시는 산타할아버지 같으신 분이라 그 고마움을 전달하고자 생각했어요! 왕산타할아버지에게 고마움을 전달하는 작은 루돌프들의 정성이에요♡

1년 동안 저희 학생회 열심히 도와주시고 지지해 주셔서 감사드리고요~ 저희 10학번의 멋쟁이 담당 교수님이셔서 그리고 항상 저희들 신경 써 주시고 아껴 주셔서 매번 감사드려요~

(후략)

(중략) 교수님을 처음 뵈었을 때 정말 깜짝 놀랐어요. 너무 멋진 교수님의 의상뿐만 아니라 상냥하시고 친절한 교수님의 성격, 훈훈한 외모, 출중한 요리 실력까지! 알면 알수록 멋진 교수님이셔 가지고요~! 정말 일학년 꼬꼬마 새내기였을 땐 제가 이처럼 좋은 교수님을 만나게 될 거라고는 전혀 생각지 못했는데 말이죠^*^

항상 제가 지치고 힘들 때 늘 저의 이야기를 들어 주시고 감싸 주시고 아껴 주셔서 감사드려요. 언제나 말하고 싶던 이야기였는데 왜 감사하다는 말은 이렇게 힘든지 모르겠어요ㅜㅜㅎ 교수님을 떠올릴 때면 저희 '아버지'가 제일 먼저 떠올라요! 나이도 비슷하시고 항상 저를 아껴 주시는 모습이 비슷해서 그런 것 같아요. 그래서일까요? 교수님을 떠올리면 마음이 짠하기도 하고 너무 감사한 마음이 몽글 몽글~ㅠ.ㅠ (후략)

– DH

정말 정말 멋지신 교수님께♡.♡

교수님♡ 저 JA예용~^.^ 안녕하시지용~?

교수님을 보면 항상 그 열정이 느껴지는 것 같아요!^^ 그 뜨거움을 닮고 싶어용. 학생회 하면서, 그 덕분에 교수님과 함께 하는 시간이 많아져서 너무 감사하고 있어용. 학생회가 아니었다면 이렇게 열정적인 교수님을 더 가까이 뵐 수 없었겠죠~ 늘 학생들과 함께 어울리시고 그 열정을 나누시는 교수님을 늘 응원합니다. 앞으로도 교수님과 함께하는 시간이 많아졌으면 좋겠지만, 이젠 더 열심히 공부를 해야 할 시기이고⋯⋯ (후략)

(중략) 교수님은 제가 집을 떠나 대학이라는 타지에 와서 제가 아버지같이 함께 웃고 이야기하고 밥을 먹는 가족 같은 유대감을 느끼게 하는 분이셔요. 이 말을 하고 싶었어요! ㅎㅎ

감동적인 말을 너무 멋있게 표현한 것 같지요? 그래도 교수님께서 저의 마음을 알아주셨을 거라고 생각해요. 왜냐하면 교수님은 저의 아버지 같은 분이시자 훌륭한 문학가이시니, 저의 마음을 아버지 같이 이해하시고 저의 부족한 문장력을 문학가로서 이해하실 거라 믿사옵니다. (후략)

– HW

ps: 아, 제가 편지 다시 읽어 봤는데 엉망이네요. 군대 갔다 와서 논술부터 해야겠어요.

학생들이 사랑의 마음을 전하는 편지들을 모두 읽어 보니 나도 마음이 짠해지면서 감동이 파도처럼 일어났다. 그래서 편지를 읽고 또 읽어 보았다. 사랑의 마음은 항상 사람을 감동시킨다. 나는 학생들로부터 사랑을 듬뿍 먹고 자라는 정말 행복한 교수이다. 누가 뭐래도 나는 세상에서 제일 행복하다고 자신 있게 말할 수 있다. 훗날 나로 인해 제자들의 인생이 조금이라도 행복해질 수 있도록 도와주고 싶다.

난 그대들이 힘겨워할 때 마음 편히 기댈 수 있는 하늘 한쪽이 되고 싶다. 사랑해, 정말 사랑한다! 나의 아그들!!

인터내셔널 펠로십

멀리서 벗이 찾아오면 이 또한 즐겁지 아니한가.

- 공자, 논어 -

　내가 대학 다닐 때 꼭 하고 싶었던 일 중의 하나는 미국에 한번 가보는 것이었다. 내가 하고 있는 공부가 영어영문학이었고, 간혹 영어회화를 가르치기 위해 미국 사람이 오기는 했지만 미8군 소속 군무원의 아내들이 대부분이었다. 1970년대 중반이었으니 미국에 간다는 생각만으로도 가슴이 벅찼다. 평생에 한번 미국에 가 볼 수는 있을까? 간혹 주위에서 이민 가는 사람은 있어도 지금처럼 여행을 다니는 사람은 거의 없었다.

　대학을 졸업하고 육군 소위로 임관(ROTC)하였다. 2년 동안 전방의 철책과 FEBA를 오가며 근무하던 푸른 시절의 추억을 뒤로하고 사회에 나와 적응하려니 만만치는 않았다. 직장을 구하고 결혼을 하고 행복한 생활을 향해 달려갔지만, 내가 살아가는 삶의 실존적 문제 앞에 섰을 때 마구 흔들리기 시작했다. 그래서 다니던 회사를 그만두고 특수교육이라는 학문의 창을 노크하게 되었다.

석박사 과정의 험난한 시절이 끝나고 1994년, 드디어 나는 꿈꾸던 교수로 임용되었다. 그리고 1995년 결혼 10주년 기념으로 미국 여행을 갔다. LA에 사는 대학 친구가 미국에 언제 다시 올 거냐며 동부는 패키지로, 서부는 자기 가족과 함께 여행하자고 제안한 것이다. 미국으로 여행 가 보고 싶다던 대학 때의 꿈이 이루어지는 순간이었다. 내가 미국을 여행한다는 사실이 믿기지 않았지만, 나는 2주 동안 미국을 여행하고 돌아왔다.

교수가 된 지 7년 만에 나는 안식년을 갖게 되었다. 내가 교환교수로 간 대학은 오리건 주 유진(Eugene)이라는 자그마한 대학도시에 있는 오리건대학교(University of Oregon)였다. 오리건대학교는 특수교육이 유명하고, 특히 내가 관심이 있던 조기중재분야(ABI와 AEPS)에 유명한 교수님들이 계셨다. 그리고 긍정적 행동 지원에 관한 연구를 하는 저명한 교수들도 있었다. 140년의 역사를 자랑하는 학교는 정말 아름다운 캠퍼스였고 나에겐 꿈의 동산이었다.

나는 학교의 국제 관련 사무처에 인터내셔널 펠로십을 신청했다. 정기적으로 미국인을 만나 식사도 하고 서로의 문화를 이해하는 만남의 장이라고나 할까. 그 외에 영어회화를 배워 보겠다는 작은 희망도 포함되어 있었다. 3주일이 지난 후에야 학교에서 연락이 왔다. 그래서 우리 가족은 주소를 들고 미국인 친구를 만나러 집을 찾아갔다.

　대부분 학교의 국제 관련 사무처에서는 대학원생에게 미국인을 1대 1로 소개해 주었다. 교환교수로 간 나는 가족 대 가족으로 만날 수 있는 행운을 얻게 되었다. 주소를 들고 산꼭대기에 위치한 집을 겨우 찾아 들어가니 은퇴한 부부가 살고 있었다. 딸 둘에 아들 한 명을 두고 있었고 모두 출가한 상태였다. 주인 양반 이름은 몬티(Monte)였고, 그의 부인은 린다(Linda)였다. 우리는 일주일에 한 번 시간을 정하여 정기적인 모임을 가지기 시작했다.

　몬티는 아일랜드계 미국인으로 유머감각이 정말 뛰어났다. 그리고 린다는 글래머하게 키도 크고 정말 우아하며 아름다운 부인이었다. 우리는 주로 주일 예배를 보고 몬티 집에 가서 여러 가지 이야기도 나누고 게임도 하며 즐거운 시간을 함께 보냈다. 몬티는 자기 아이들을 키울 때 사용했던 장난감을 꺼내어 우리 딸과 게임도 하고, 내 아내에게는 영어식 재미있는 표현과 슬랭들을 가르쳐 주기도 했다.

　우리가 세 번 정도 그들의 집을 방문하면 그들은 한 번 정도 우리 집을 방문하곤 했다. 우리는 한식으로 주로 식사 대접을 했고, 그들은 호수에서 잡은 물고기와 빵으로 식사 대접을 하곤 했다. 나는 간혹 몬티의 목공소에 가서 그의 작업을 도와주는 일도 하였다. 몬티는 손재주가 좋아서 어지간한 것들은 손수 만들어 썼다. 그리고 목공예 기술이 뛰어났다. 나무로 글자도 만들고 나무 쟁반, 예쁜 보석함도 만들어서 우리에게 선물을 하기도 하였다. 또한 몬티는 그림을 화가처럼 잘 그렸다.

추석 땐 우리는 한복을 곱게 차려입고 한인 마켓에서 송편을 사들고 방문하였다. 그리고 추석의 유래며 한국의 생활에 대한 이야기를 들려주었다. 특히 몬티 부부는 온돌에 대해 신기하게 생각하였다. 린다는 한복의 우아한 모습을 보고 감탄을 하였다. 너무 예쁜 옷이라고. 그래서 한국으로 돌아올 때 버선이며 꽃신이며 어지간한 것은 모두 벗어 주고 왔다. 추수감사절 때는 그들이 우리를 초대하여 칠면조 요리를 해 주었다.

일 년이란 시간이 쏜살같이 지나고 우리는 짐을 챙겨 한국으로 돌아왔다. 그 후 계속 이메일로 소식을 전하며 서로의 추억을 반추하였고 근황도 전했다. 그러던 중 나는 2003년도에 몬티 부부를 한국으로 초청하였다. 그들은 2004년 여름방학 때 한국을 방문하겠다고 했고 한 일주일쯤 머물다 가겠다고 하였다. 나는 한국에 오기가 힘드니까 2주일쯤 시간을 넉넉히 가지고 방문하면 어떻겠냐고 했더니 그러겠다고 답장이 왔다.

그 당시 우리가 살던 아파트는 화장실도 한 개였고 집이 좁아 불편하였다. 그리고 어떤 음식을 해 주어야 할지 난감하기도 하였다. 하지만 그것은 기우였다. 그들은 한식을 정기적으로 먹어 왔다면서 세끼 한식을 먹어도 오케이라고 하였다. 그래도 나는 아침은 빵과 우유, 야채샐러드를 준비했다. 그리고 서울의 비원, 난타공연, 제주도, 경주와 동해안으로 안내했다. 한국이란 나라가 왜 이렇게 모던 (super modern)하냐고 나에게 웃으며 질문했다. 인천국제공항도 개항한 지 얼마 안 되었고, KTX도 개통한 지 얼마 안 되어서 그들은 놀라움을 금치 못했다. 그리고 재래시장에서 갖가지 물건들을 보고 너무 신기해서 미국으로 사 가고 싶어 하였다.

미국으로 돌아간 뒤 얼마 안 되어 몬티의 어머니께서 돌아가셨다. 90세가 훨씬 넘게 장수하셨고, 어머님이 젊었을 때 특수교사로 재직하셨다고 하였다. 그리고 아들 내외는 물리치료사를 하고 있다고 했다. 나와의 특수교육 인연이 이미 거미줄처럼 얽혀져 있었던 게 분명하다는 생각을 했다.

몬티 내외는 야외생활을 즐기기 때문에 유진의 집을 팔고 동쪽의 밴드(Band)라는 작은 도시로 이사를 하였다. 작년에는 린다가 너무 뚱뚱해져서 무릎 수술을 받았단다. 수술이 잘되었다고 했고 회복 중이라고 한다. 몬티는 자기 집에도 게스트 룸이 생겼으니까 우리 내외에게 밴드의 자기 집에 와서 놀다 가라고 한다.

언제 시간을 내어 몬티와 린다 부부를 만나러 가 볼까. 뒤돌아보니 미국에 가 보고 싶은 꿈이 많은 열매를 맺은 것 같다. 하지만 한편으론 내가 한국에서 태어나고 자란 것이 내 젊은 날의 초상과는 다르게 너무 기쁘고 감사하다. 지난 세월만큼 우리의 삶이 풍요해지고 여유로워진 때문일까?

행복점수

오늘이란 당신의 생각들이 당신을 데려다 준 것이다.
내일은 당신의 생각들이 당신을 데려다 줄 것이다.

- 제임스 알렌 -

사람이라면 누구나 행복하기를 소원한다. "행복하세요?"라고 물으면 당신의 대답은 어떠한가? 100점 만점에 몇 점인가? 작년 2학기 강의시간에 20여 명의 교육대학원 학생들에게 행복 점수를 물은 적이 있었는데, 95점 이상은 없고, 90점 이상이 2-3명, 대부분이 90점 이하라고 대답하였다. 나는 질문을 하면서 학생들의 얼굴을 살짝 훔쳐봤는데, 점수가 높은 학생의 얼굴이 상대적으로 약간 더 밝은 것을 볼 수 있었다.

나에게 행복 점수가 몇 점인지 학생들에게 물어보라고 했다. 나의 대답은 몇 점이나 나왔을까? 나는 '100점 플러스'라고 대답했다. 행복이란 상대적인 기준이 있는 것도 아니고, 자기가 어떤 생각을 하느냐에 따라 달라질 수 있기 때문에 나는 이왕이면 가장 높은 점수를 매겨서 대답을 하였다. 학생들은 "에이~" 하면서도 다양한 반응을 나타내었다.

말이 씨가 된다는 말이 있다. 하는 말에 따라 그 사람의 생각이 바뀌고 행동이 바뀌고 운명이 바뀌게 된다. 그런데 왜 우리는 좋은 말을 하지 않는지 모르겠다. 행복한 생각을 하고 그것을 말로 나타내면, 우리도 모르게 행복해지는 법칙을 사람들은 간과하고 있다.

행복은 단순한 생활에서 온다. 일상의 일들을 단순하게 디자인해 보라. 한결 마음의 여유가 생기고 남을 배려할 수 있는 너그러움이 생겨날 것이다. 그러면 이웃에게 유머로, 재미있는 말로 접근하게 되고 분위기가 한층 화기애애해진다. 행복이란 소소하고 서로에게 마음을 열고 웃는 웃음 속에서 잉태되는 것이다.

행복은 내려놓음에서 시작된다. 뭐든지 움켜잡으려고 하면 긴장하게 되고 마음이 거칠어진다. 명예와 돈에 대한 인간의 탐욕은 끝이 없기 때문에, 그것만 추구하면 악순환이 되풀이되면서 행복과는 자연스레 거리가 멀어진다. 자족하는 마음의 여유를 가지고 하나 둘 내려놓으면 "아하! 이것이 행복이구나!" 하는 것을 깨닫는 순간이 분명 찾아온다.

행복은 무엇보다 자족하는 마음이다. 행복은 남과 비교하는 것이 아니라 내 마음의 소리를 찾고 주어진 조건에 늘 감사하는 것이다.

지금 살아 있음에 감사하고 주어진 삶에서 감사의 조건을 찾아보자. 나아가 감사의 근육을 키워 간다면 행복은 우리 앞에 이미 와 있는 것이다.

나는 행복한 사람이다. 누가 뭐래도 나는 행복하다. 살아온 날들을 돌아보아도, 살아갈 날들을 내다보아도 나는 행복한 놈임에 틀림이 없다. 신앙생활을 통하여 하나님의 자녀가 된 것이 무엇보다 내 인생의 축복임을 깨닫는다. 또 많은 사람을 만나면서 좋은 관계를 맺었던 사실이 무엇보다 내 가슴을 훈훈하게 한다. 그리고 배움의 터에서 많은 학생들과 교감할 수 있었던 것들, 여행을 통하여 만났던 사람과 느끼고 보았던 새로운 사실들, 모두모두 너무 행복한 순간들임에 틀림없다.

나의 행복 원천은 나의 가족이다. 항상 종다리 같은 나의 아내가 지지배배 노래하는 소리를 들으면 나는 큰 활력을 얻는다. 나도 질세라 나의 아내를 '세상에서 제일 행복한 여자'로 만드는 프로젝트를 시작했는데, 벌써 그 결실을 맺었다.

행복 프로젝트를 여기서 다 까발릴 수는 없지만 마음을 읽어 주고, 배려해 주고, 대화의 상대가 되어 주고, 때론 멋진 이벤트로 내 아내의 마음에 큰 감동을 새기는 것이다. 행복제국 우리 집 왕비가 하는 말 "내 인생에서 가장 탁월한 선택은 당신을 찜한 것이었어요.", "나는 세상에서 제일 행복해요."라고 고백할 때 내가 행복한 놈이라는데 반기를 들 자가 누가 있겠는가?

모두들 행복하기 위하여 몸부림치고 있다. 그런데 대부분은 나이가 들수록 불행해지는 것처럼 보인다. 어떻게 살면 행복하게 살까? 학생들에게 이왕이면 나는 행복하다고 생각하고 자신에게 후한 행복 점수를 주면 어떻겠냐고 제안했다. 그랬더니 모두 고개를 끄덕이면서 그렇게 살 것처럼 동의를 했다. 학기가 끝날 때쯤 훨씬 밝아져 있는 학생들의 모습을 보면서, 역시 행복은 마음먹기에 달려 있음을 확인할 수 있었다.

행복은 그저 주어지는 것이 아니다. 늘 행복한 일들에 마음의 초점을 맞추고 귀 기울일 때, 행복은 손님처럼 찾아와 친구가 된다. 행복해지고 싶다면 무엇보다 주어진 모든 일들에 감사하며 겸손해야 한다. 먼저 생각과 마음이 행복해져야 한다.

스승의 날

참된 교육은 황홀감과 해방감을 준다.
참된 배움의 순간이 기쁨의 순간이다.

– 조지 레오나드 –

우리나라에 '군사부일체'라는 말이 있다. 임금, 스승과 부모는 동격이라는 말이다. 그러니 스승에게도 예의를 갖추고 대하라는 말일 게다. 세상이 너무 변하여 대통령 이름도 마구 부르며 갖은 폄하를 하는 세상에 스승에게 예의를 차리라는 말은 어불성설로 들릴 수도 있다. 왜 스승의 권위가 폭삭 무너져 내렸을까?

옛날에는 스승의 그림자도 밟지 않았다고 한다. 그만큼 스승은 절대 존경의 대상이었다. 나에게는 잊지 못할 스승의 날이 한 번 있었다. 그러니까 대학원 석사 1학기 때의 일이다. 그때는 정부 정책에 대한 대학생들의 시위가 너무나 심해서 하루가 멀다 하고 체류탄이 캠퍼스 안으로 날아왔다. 눈물을 흘리며 손수건으로 코를 막고 교실을 옮겨 다니며 수업을 진행해야 했다.

하지만 그해에도 어김없이 스승의 날이 다가왔다. 우리는 스승의 날을 어떻게 준비할 것인지 구성원끼리 모여 회의를 했다. 구체적인 안들이 나오고 우리는 이틀 전부터 준비를 하기 시작하였다. 대학원 세미나실을 스승의 날 감사 파티장으로 만드는 것이었다. 우리는 그날 먹을 음식과 꽃꽂이, 여학생들의 한복 입기 등 최대한 스승님께 기쁨을 주고자 행사를 기획하였다.

세미나실의 테이블에 하얀 종이를 씌우니 고급 식당으로 변하였다. 돼지고기 수육, 김밥, 탕수육, 치킨, 샐러드, 잡채, 음료수 등을 준비하여서 상을 차렸다. 그리고 손쉬운 요리들은 여학생들이 하나씩 해 와서 상을 그득 채웠다. 그리고 식탁 중앙에는 J선생님이 꽃꽂이를 손수해서 멋스럽게 장식하였다. 시간에 맞춰 여학생 두 명이 한복을 입고 참석하시는 교수님들께 감사의 카네이션 꽃을 가슴에 달아 드렸다.

거의 모든 교수님들께서 참석하셔서 우리는 스승의 날 행사를 진행하였다. 학과 주임 교수님께서 한국의 거의 모든 대학생들이 시위만 하고 있는데 우리 특수교육학과 대학원 학생들이 스승의 날 파티를 멋지게 열어 준 것은 신문에 낼 일이라며 칭찬을 해 주셨다. 그러자 다른 교수님들께서도 한마디씩 거들며 이구동성으로 칭찬해 주셨다. 우리는 스승의 날 노래를 불렀고 정성스런 선물을 준비해 교수님들께 드렸다. 교수님들께서 너무 고마워하셨다.

그 당시 우리 학과에는 캐나다의 웨스트 온타리오대학교에서 강의하러 오신 L교수님이 계셨다. 그 교수님께서는 색소폰으로 〈타향살이〉를 연주하셨고, 연주가 끝날 때쯤 눈물을 훔치셨다. 그리고 연세 많으신 교수님들은 노래를 잘 안 하셨는데 S교수님께서 구성지게 〈찔레꽃〉을 부르셨다. 좀처럼 들어 볼 수 없는 멋진 노래였다. 교수님들께서 고맙다는 인사와 함께 우리들에게 덕담을 많이 해 주셨다. 체류탄이 떨어지는 눈물의 교정에서 우리는 스승님께 작은 위로의 식탁을 마련하였는데 우리가 생각한 이상으로 많은 칭찬을 들은 것 같아 괜스레 죄송스런 마음이 들기도 했다. 항상 스승의 날이 오면 그때가 생각나곤 한다.

세월이 흘러 나도 교수가 되었고, 이제는 스승의 날 행사를 내가 받는 상황이 되었다. 우리 학과의 학생들은 해마다 스승의 날 행사에 존경의 마음을 담아 내 가슴을 찡하게 만든다. 때로는 앙증스럽게 재미있는 춤과 이벤트로 모두를 빵 터지게도 한다. 대부분 스승의 날 행사는 행사장 입구에서 교수님들께 카네이션 꽃을 가슴에 달아 주면서 시작된다.

먼저 1학년 새내기 대표들이 한복을 입고 큰절을 한다. 다음에 학생들이 정성스레 준비한 감사 편지를 읽고 거기에 대한 학과장의 답례 인사가 이어진다. 그리고 각 학년에서 준비한 특별한 이벤트를 발표한다. 대부분 아이돌의 춤과 노래이다. 테이블 위에는 학생들이 준비한 정성어린 음식이 정갈하게 차려진다. 그뿐만 아니라 행사장은 온통 풍선아트로 꾸며지고 곳곳에 "교수님 싸랑해용!"이라는 글씨들이 강의실 벽을 도배한다.

교수님들은 재미있어서 싱글벙글 웃고 재롱잔치가 끝나면 각 학년 담당 지도 교수님들께 학생들은 정성스레 준비한 선물을 증정해 드린다. 그리고 올해는 학생들이 서로 인터뷰를 하여 교수님들의 특성을 흉내 내기도 하고 나름 재미있는 비디오 영상을 만들어 상영하였는데, 그 아이디어가 기발하고 폭소를 자아내게 하였다.

나에게 가장 인상 깊었던 스승의 날은 많지만, 특히 두 가지 일이 생각난다. 하나는 학생들이 수영장에서 일어나는 해프닝을 연극으로 한 것이었는데 모두 물개처럼 연기를 얼마나 잘하던지……. 또 하나는 장난삼아 내게 선물한 미에로 화이바 음료수다. 간혹 나는 철이 없는 교수, 또는 영~철이 없는 교수라고 학생들에게 농담을 하곤 하는데 그중 한 녀석이 미에로 화이바(속에는 '철력'이 들어 있다고 표시되어 있음) 병목에 리본을 달고 "교수님 철 좀 드세요."라는 메시지를 붙여 나에게 가져온 것이다. 섬광같이 빛나는 아이디어에 나는 두 손과 두 발을 다 들고 항복할 수밖에 없었다.

스승의 날이 부담되어 스승의 날에 학교에 등교하지 않는 사례가 늘고 있다. 생각여하에 따라 얼마든지 재미있고 영원히 추억에 남을 일을 새길 수 있는데도 말이다. 스승의 날이 되면 나는 학생들에게 사랑의 마음을 받아 너무 감사하기도 하지만, 한편으론 '학생들에게 잘해 주고 있지도 못하는데…….' 하는 미안한 마음이 들어 부끄러워지기도 한다. 하지만 스승의 날을 맞아 내 자신을 돌아보고, 학생들에게 나의 사랑의 열정을 처음 순간처럼 다시 지피려고 노력한다. 매일이 스승의 날이지만 특별한 이벤트가 있는 스승의 날은 내 인생을 행복하게 하는 에너지 충전일임에 틀림이 없다.

쌩유! 나의 사랑스런 제자들아.

결혼식 주례

당신이 태어날 때 당신은 울음을 터뜨렸고 세상은 크게 기뻐했다.

당신이 온전하게 삶을 살아서 당신이 죽을 때

세상은 눈물을 터뜨리고 당신은 크게 기뻐하길 빈다.

- 존 로빈슨, 100세 혁명 -

자꾸만 결혼 연령이 늦어지고 있다. 아니, 결혼을 하지 않고 지내는 젊은이도 많다. 청춘의 때에 사랑하는 짝을 찾아 새로운 출발을 하는 젊은이들을 보면 마냥 축하해 주고 싶다. 결혼식은 부모형제를 비롯한 여러 증인 앞에서 '우리 결혼해요!' 하고 세상에 널리 알리는 일이다. 기쁘고 즐거운 결혼식에 주인공은 신랑과 신부이지만, 예식을 맡아 예식답게 이끌어 가는 사람은 주례이다. 주례는 결혼서약과 성혼선언, 주례사를 통하여 새로운 인생을 시작하는 신혼부부에게 행복하게 살라는 주례사를 하는 사람이다.

사랑하는 제자들이 간혹 주례를 부탁하는 경우가 있다. 나는 주례는 목사님이나 신부님이 하는 것이 가장 좋으니 거기에 부탁하라고 정중히 거절한다. 그런데 교회나 성당을 다니지 않는 제자들은 교수님밖에 주례해 줄 사람이 없다면서 간곡히 부탁할 경우, 그 부탁을 거절하기가 쉽지 않아 주례를 아주 가끔 서게 되는 경우가 있다.

나는 사십대 중반에 처음 주례를 섰다. 제자 중의 한 사람이 찾아와 주례를 서 달라고 해서 깜짝 놀랐다. 나는 제자에게 내 나이도 적고 주례를 설 생각을 한 번도 해 본 적 없으니 그 부탁을 들어줄 수 없다고 단번에 거절했다. 하지만 제자는 주례 설 사람이 없다고 몇 번이나 찾아와서 부탁하는 바람에 그만 승낙을 하고 말았다. 승낙을 하고 나니 주례사를 어떻게 해야 할지 고민이 서서히 쌓여 갔다. 그래서 예사로 보던 결혼식을 눈여겨 살펴보기 시작했다.

신랑과 신부에게 맞는 주례사를 하기 위해 쓰다 지우기를 여러 번한 후, 겨우 주례사를 완성하였다. 주례사를 처음 한 날은 10월의 마지막 날이어서 잊으려야 잊을 수 없는 추억이 되었다. 결혼식장에서는 어떤 말을 했는지 기억이 잘 나지도 않는다. 결혼식이 끝나고 오후가 되니 부슬부슬 가을비가 내리기 시작하였다. 가을비 속을 드라이브하면서 떨어지는 가을 단풍을 보니, 내 나이도 단풍처럼 떨어지는 것 같아 기분이 참으로 묘했다.

결혼식에서 주례를 설 때 준비해야 할 것들이 의외로 많다. 새 가정을 꾸리는 엄숙한 예식인 만큼 될 수 있으면 새 옷, 새 내의, 새 양말, 새 구두를 신는다. 그리고 외모에도 신경을 써야 한다. 머리 길이는 적당한지, 넥타이는 잘 맞는지도 신경을 쓰게 된다. 특히 며칠 전부터 결혼하는 당사자에게 맞는 주례사를 쓰는 것도 큰일이다. 대부분 타지에서 결혼식이 있어서 혹시 시간에 늦지 않을까 하는 걱정 때문에 시간 여유를 충분히 두고 차에 오른다.

주례를 서고 나서도 걱정이 없는 것은 아니다. 가정을 이루고 행복하게 잘 살아야 할 텐데 하는 걱정이 앞선다. 그뿐만 아니라 때가 되면 아들딸 잘 낳고 부모에게 효도하면 살아야 될 텐데 하는 생각을 하게 된다. 다행이 내가 주례한 제자들이 아들딸 잘 낳고 사는 것 같아 감사하다. 그러나 행복하게 사는지는 아직 확인되지 않고 있다. 하지만 지금까지 들려오는 나쁜 소식이 없는 것은 다행한 일이라 생각된다. 하지만 선뜻 주례를 하기가 쉽지 않다.

주례를 부탁할 때는 나름마다 사정이 있다. 그러나 나는 주례를 서는 것의 기준을 어느 정도는 세워 놓고 거기에 따라 결정한다. 재학 시절 나와 친하게 지냈고 내가 제자를 잘 아는 경우로 제한하고 있다. 간혹 제자들 중에는 우리 집에 놀러 와서 우리 부부가 행복하게 사는 모습을 보고 주례를 서 달라고 하기도 한다. 그러나 때론 바쁘다는 핑계를 대면서 전화로만 부탁하는 친구도 있다. 그땐 애써 나도 핑계를 대서 거절하기도 한다. 요즘 친구들은 그런 면에서 예의를 너무 모르는 것 같아 많이 아쉽다. 주례를 서는 사람에게 결혼 당사자들이 와야 주례도 이것저것 물어보고 적절한 주례사를 하기도 할 텐데 말이다.

우리 부부를 주례하신 목사님은 우리가 결혼한 지 얼마 되지 않아 돌아가셨다. 신혼 때는 잘 몰라서 자주 찾아가 뵙지 못했지만, 이제 나이가 들어 철이 드니 주례하신 목사님이 많이 생각난다. 결혼의 주례는 결혼 당일 30분 결혼식으로만 맺어지는 인연이 아닌 것 같다는 생각이 많이 든다. 결혼한 가정이 아기를 낳았는지, 잘 살고 있는지를 궁금해 하면서 인생의 선배로서 멘토를 해 주고 싶은 게 솔직한 심정이다. 그래서 내가 결혼식 주례를 선 가정에 항상 정이 가고 정을 주고 싶은 것이다.

"아플 때나 슬플 때나 검은 머리 파뿌리 될 때까지 변하지 않고 서로 사랑하겠느냐?"는 서약 앞에 결혼 순간만큼은 모두 확실하게 "예."라고 대답을 한다. 하지만 살아 보면 결혼은 현실인 것을 바로 느낀다. 그만큼 결혼 생활을 잘 꾸려 나가는 것이 만만하지 않다. 사랑이란 변하지 않고 한결같이 상대를 존중하고 이해하며 사는 것이다. 배우자는 싸워서 이겨야 할 존재가 아니라 내가 먼저 잘못했다고 용서를 비는 겸손을 배우는 상대인 것이다.

주례사처럼 완벽하게 살기는 어렵다. 그러나 몇 안 되는 내가 주례한 가정들이여! '사랑'이라는 한 단어를 품고 서로를 존중하며 행복하게 살기를 바란다. 결혼한 지 30년을 훌쩍 넘기고 있는 우리 부부는 지금 연인 사이를 지나 친구 사이로 살아가는 기분이다. 모난 부분이 많이 닳아서 이심전심하는 사이가 되고 있다. 행복한 가정은 저절로 만들어지는 것이 아니다. 늘 세심히 서로를 보살피고 기억에 남는 멋진 사랑의 이벤트를 하시라. 힘들고 어려울 때 주례사를 다시 보며 처음 사랑을 회복하는 그대들이 되라.

사은회

열정이 있어야 활동에 깊이 집중할 수 있다.
열정이 없으면 미래의 삶에 꼭 필요한 끈기를 기를 수 없다.
10년 후에 어떤 직업이 중요할지 누구도 알 수 없다.
그러나 현재의 도전에서 정신과 몸을 십분 활용하고
끈기를 발휘함으로써 책임감과 목표의식을 기른다면
미래의 도전에 충분히 준비할 수 있다.

– 미하이 칙센트미하이, 어른이 된다는 것은 –

해마다 12월이 되면 우리 학과에서는 사은회를 갖는다. 우석대학
교에 부임한 지 벌써 20년이 넘었다. 그러니까 스무 번 넘게 사은회
를 한 셈이다. 사은회를 하면서 대학 4년의 세월이 무척 빠르다는 생
각을 하게 된다.

사은회란 4년 동안 가르침을 받은 제자들이 스승의 은혜를 감사하여 자리를 마련하는 것이다. 또한 지난 4년 동안에 있었던 희로애락들을 돌아보고 스승과 동료와 대화의 장을 여는 모임이다. 떠난다는 아쉬움에 이별의 눈물을 흘리기도 하고, 이제는 끝이면서 또한 새로운 시작이라는 시점에서 만감이 교차하는 자리이기도 하다.

사은회는 해마다 순서와 내용이 조금씩 다르다. 하지만 공통적으로 다음과 같은 내용으로 진행된다. 먼저 사회자가 4년 동안 교수님들의 가르침을 받은 데 대한 감사의 인사를 한다. 그리고 4년 동안 학생들을 지도한 지도교수님의 회고, 감사 및 앞으로 사회에서 씩씩하게 살아가라는 격려의 말이 이어진다. 다음에 학생 대표의 편지낭독이 있는데, 이때 편지 내용에 따라 편지를 읽는 학생과 모든 학생들이 울음을 터뜨리기도 한다. 그리고 모든 학생들은 숙연한 분위기에 얼굴을 숙이며 나름 감회에 젖는다. 그리고 졸업생들의 교수님께 대한 선물 증정이 있고, 이어서 재학생의 졸업생에 대한 선물 증정 및 송사, 스승의 노래 제창, 마지막으로 사진 촬영을 하고 1부는 끝을 맺는다.

우리 사회의 변화 속도만큼이나 사은회도 많이 변화해 왔다. 1990년대까지만 해도 사은회의 의미는 매우 크게 느껴졌었다. 그래서 학생들은 나름대로 격식을 갖추어 사은회 자리를 마련하곤 했다. 기본 옷차림이 여학생은 한복, 남학생은 정장 차림이었다. 그때만 해도 누구에게 예를 갖춘다는 것은 옷에서 드러난다고 보았던 생각이 지배적이었던 것 같다. 그래서 여학생들은 한복을 입었고, 자기의 옷이 없으면 엄마나 혹은 지인의 한복을 빌려서라도 입고 왔다. 남학생들은 대부분 검정색 아니면 감청색의 양복을 입고 어색한 넥타이를 매고 있었던 것이 인상적으로 기억되고 있다.

그때만 해도 사은회는 주로 1박 2일을 했다. 지금 생각해 보면 격세지감이 있기도 하고 한편으론 우습기도 하지만 말이다. 사은회는 주로 교외의 유스호스텔이나 시내의 관광호텔을 빌려서 했다. 1부가 끝나고 교수님들이 귀가하면 나름 조를 맞추어 나이트클럽에도 가고, 일부는 숙소에서 삼삼오오 모여 지난 일들을 생각하며 추억에 젖곤 했다. 우리가 또 언제 다시 만나 이렇게 이야기할 기회가 있겠냐 하는 것이 반영된 사은회였다고나 할까.

이제 추억의 사은회는 사라졌다. 아니, 사은회를 하고 있다는 것 자체만으로도 감사할 일이다. 최근에는 사은회를 하지 않는 학과가 서서히 늘어나고 있다고 한다. 졸업을 하는 시점에서도 취직이 되지 않아 앞날이 많이 우울하기 때문이란다. 그래서 일부 대학교의 학과에서는 교수님들이 십시일반 돈을 모아 졸업하는 학생들에게 저녁을 사 주는 일도 있다고 한다.

우리 학과에서는 지난 11월 29일, 전주의 한옥마을에 있는 백련마을이라는 식당에서 조촐하게 사은회를 가졌다. 대표인 KCH 학우가 미리 초대장을 만들어 우리를 초대하였고, 30여 명의 학생들이 참가하여 스승의 은혜에 감사하는 자리를 만들어 주어서 크게 행복했다. 하지만 학생들의 거취가 결정되지 않는 상황에서 사은회의 자리가 부담으로 다가오는 것도 사실이기는 하다. 예의 방식대로 사은회는 진행되었고, 여러 가지 지난 일들을 이야기하며 추억의 나라로 돌아갔다.

　이번 사은회 때의 특이한 점의 하나는 학생들이 교수님 개인 앞으로 일일이 편지를 써 주었다는 것이다. 편지를 읽으면서, 학생들에게 마음 다해 사랑을 못해 주었는데 너무 많은 사랑을 받는 것 같아 송구스럽다. 여기에 자랑스러운 편지를 소개한다.

이영철 교수님께♡

안녕하세요? 위트 있으시고 항상 저희에게 긍정의 힘을 나눠 주시는 교수님!

설렘 반 두려움 반으로 어색하게 교정을 들어섰던 것이 엊그제 같은데 어느덧 4학년을 마무리하고 졸업을 앞두고 있다는 것이 신기하기만 하네요. 짧다면 짧고 길다면 긴 그 시간 동안 저희들은 '우석대학교 특수교육과'라는 울타리 안에서 서로 간의 우정을 다질 수 있었고 캠퍼스에서의 소중한 추억들도 많이 만들 수 있었습니다.

되돌아보면 교수님과의 인연이 참 행복했습니다. 어느 날은 교수님께서 구안와사가 와서 저희를 놀라게 했던 기억에 웃음이 납니다. 한참 고생하셨는데 다시 제자리로 돌아와서 참 다행입니다. 그리고 수업 중간중간 재미있는 유머를 날리시던 다정한 교수님의 모습이 눈에 선합니다. 특히 닭 시리즈가 기억에 남네요. 세상에서 가장 빠른 닭은 후다닥 맞나요? 그때 빵빵 터졌었는데……. 어려운 교수님이 아니라 친한 형, 오빠같이 편안함을 주시는 분으로 평생 기억될 것 같습니다.

뭐든지 자신감 가지고 하면 된다던 교수님 말씀 생각하며 사회에 나가서도 교수님 제자로 부끄럽지 않게 당당하게 살겠습니다. 비록 너무 부족하고 기대에 미치지 못하는 모습으로 심려를 끼쳐 드리지만, 매일매일 더 나아지도록 노력하겠습니다.

그리고 언젠가 교수님과 학문에 대해서, 세상에 대해서 그리고 사람에 대해서 이야기하며 '아! 내 제자가 이렇게 성장했구나!' 하는 생각이 들 수 있도록 열심히 정말 열심히 살겠습니다. 훌륭한 특수교사로 만들기 위해 강단에서 열심히 강의하시는 모습, 때론 따끔한 충고와 조언으로 저희들을 올바른 길로 인도하시는 모습, 밝은 웃음으로 따뜻하게 보살피고 아끼고 소중히 여겨 주시며 사랑을 베풀어 주시는 교수님의 모습을 오래도록 영원히 저희들의 가슴속에 간직할 수 있도록 항상 건강하시기를 바라며, 다시 한 번 감사의 마음을 전해 드리며 이만 줄이겠습니다. 교수님, 존경하고 사랑합니다.

2012년 11월
4학년 일동 올림

내가 생각하기에는 항상 어려보이고 철이 안 든 것 같았는데, 학생들은 나의 생각을 뛰어넘어 많이 성장해 있었다. 4년이란 세월이 결코 허송세월은 아니었던 것이다. 저학년 때는 장애학생들을 가르치는 특수교사가 될 수 있을까 하는 걱정도 했지만, 졸업할 즈음에는 특수교사로서의 역할을 충분히 감당할 수 있을 것 같다. 사은회는 졸업하는 학생들의 성장을 지켜보는 또 하나의 즐거움이다. 또한 사랑으로 초심으로 돌아가 재학생들을 가르쳐야겠다는 마음다짐을 하게 해 주는 또 다른 배움의 장임에 틀림없는 것 같다.

2

카미노 데 산티아고

주여, 나를 평화의 도구로 써 주소서.

- 성 프란체스코 -

카미노 데 산티아고

우리 할아버지는 내게 멀리 가고 싶다면

천천히 가야 한다고 늘 말씀하셨죠.

- 허먼 잽, 미국인 여행가 -

우리 인생은 나그네 길을 걷는 순례자이다. 나는 2006년 파울로 코엘료의 『순례자』라는 소설을 읽고 스페인에 있는 '산티아고(예수님의 제자 야고보의 스페인 이름) 순례길'을 알게 되었다. 그 후 이 길에 대해 관심을 가지고 알아본 결과, 배낭을 지고 한 달 이상을 걸어야 하는 고행의 길임을 알게 되었다. 하지만 그 길은 치유와 기적, 생의 전환과 환희가 나타나는 길이었다. 동시에 기독교의 역사와 문화가 녹아 있는 길임을 알게 되었다.

그 후 일상의 바쁜 삶의 파도에 떠밀려 카미노 데 산티아고를 잊고 있었다. 2011년 안식년을 맞아 K대학교의 Y교수와 함께 인생에서 가장 의미 있고 기억에 남을 일을 해 보자며 의기투합했다. 그래서 Y교수는 아들과, 나는 아내와 함께 산티아고 순례길을 걷기로 결정하였다. 산티아고로 가는 길은 여러 갈래가 있었다. 우리는 프랑스의 생장피드포르에서 출발하여 스페인 서쪽 산티아고의 콤포스텔라까지 807㎞를 30일 일정으로 걷는 여정을 택하였다. 그 후 버스로 피니스떼라(땅 끝)까지 갔다 오기로 하였다.

순례길을 준비하면서 먼저 우리는 순례길을 걸었던 사람들의 책을 사서 읽기 시작하였다. 다양한 저자들의 책을 읽는 동안 순례길을 어떻게 준비할 것인지에 대한 생각들이 서서히 구체화되기 시작하였다. 그러나 평소에 많이 걷지 않던 우리는 그 길을 잘 걸을 수 있을지 내심 걱정이 되었다. 특히 나의 아내는 평소에 운동을 하지 않는 나름 공주과(?)라 가기 전에 몇 번이나 다짐을 받고 중도 포기는 없음을 강조하였다. 우리는 피트니스에 가서 기초체력을 향상시키는 운동을 하루 한 시간 이상 꾸준히 하기 시작하였다. 틈틈이 수성못, 동네 야산, 천성산 등을 등산화를 신고 걸으며 적응 훈련을 하였다. 그리고 가지고 갈 짐들을 하나씩 준비하는 동안 정해진 날짜는 어김없이 우리 앞에 다가왔다.

우리 내외는 5월 18일 출국하여 프랑스 파리 일대의 관광지를 3박 4일 동안 구경하였다. 그 후, 파리의 몽파르나스 역에서 고속기차 TGV를 타고 6시간 걸려 바욘 역에 도착하였고, 거기서 다시 로컬기차인 TER를 1시간 타고 생장피드포르 역에 내렸다. 바욘에서 생장피드포르까지 가는 길은 강을 옆에 끼고 귀엽고 앙증맞은 기차가 계곡을 따라가는 정말 아름다운 동화 속 길이었다.

생장피드포르에 도착한 날은 5월 22일 주일이었다. 순례자 사무소는 평일과 같이 일을 보고 있어서 간단한 절차를 밟고 순례자 증명서인 끄레덴시알(순례자 증명서: 이것이 있어야 순례자 숙소인 알베르게에서 잠을 잘 수 있음)을 받았다. 그리고 순례자임을 표시하는 가리비껍데기를 배낭 뒤에 매다니 마음은 벌써 순례자가 된 기분이었다. 알베르게(순례자에게만 허용되는 비교적 저렴한 숙소) 침대에 누워서 내일부터 순례길에 오른다고 생각하니 잠이 오지 않는다.

평소에 운동을 많이 하지 못한 사람으로서 매일 25-30㎞를 걷는 것은 쉽지 않았다. 새벽 5시 반에서 6시에 일어나 간단한 세수를 하고(나중에는 생략) 배낭을 지고 오후 2시 전후까지 걷는 것이 주된 일이었다(To Work is To Walk). 필요해서 챙겨 왔던 짐들이 무겁게 어깨를 짓누르기 시작하였다. 준비사항 중에 최소한의 짐들을 챙긴 후 그것의 반을 들어내라는 안내서의 말이 실감되었다.

며칠을 걷고 꼭 필요하지 않는 짐들은 정리하여 과감히 버렸다. 여분의 옷 한 벌, 팬티 1장, 양말 1켤레, 침낭 등 꼭 생존에 필요한 물건을 제외하곤 모두 버려야 했다. 산티아고 순례길은 제일 먼저 버리는 길로 우리에게 다가왔다. 우리 인생의 정신적·육체적인 모든 짐을 내려놓고 최대한 마음을 비우고 걷는 순례길, 그런데 우리는 얼마나 쓸데없는 짐을 지고 걸어가고 있는지.

순례길은 아름다운 마을들, 산과 계곡, 구릉과 평야, 강과 도로를 따라 걷는 길이었다. 아침 일찍 새들은 아름다운 노랫소리로 합창을 하였고, 산과 들에 핀 형형색색의 꽃들은 감탄사를 연발하게 하였다. 그리고 아름다운 숲 속 길, 끝이 없는 밀밭과 포도밭, 푸른 목장들로 이어진 길을 걸으면서 우리는 저절로 찬송을 부르게 되었다. "참 아름다워라 주님의 세계는~", "내 진정 사모하는 친구가 되시는~", "주와 같이 길 가는 것 즐거운 일 아닌가~" 등의 많은 찬송을 부르며 걸었던 순례길은 참으로 즐겁고도 행복한 길이었다.

나와 아내는 순례길의 주제 찬송을 〈주와 같이 길 가는 것〉으로 정했다. 힘들 때마다 주제 찬송을 부르니 새로운 힘이 샘솟듯 생겨나 잘 걸을 수 있었다. 주일 아침에는 걸으면서 정해진 순서에 따라 예배를 드렸다. 예배를 보는 동안 우리에게 주어진 하나님의 은혜가 얼마나 크고 놀라운지를 깨닫는 순간이었다.

한 걸음씩 걸었던 우리의 다리가 새삼 위대해 보였다. 작은 다리로 그 먼 길을 걸었다니. 까미노(순례길) 위엔 스페인, 프랑스, 독일, 한국, 남아공, 브라질 등 각국의 사람들이 어울려 걸었다. 만나면 누구나 할 것 없이 "올라(안녕하세요)!"를 외치기도 하고, "부엔 까미노(좋은 순례길이 되세요)."라고 격려한다.

걷지 않던 발들은 인생의 무게를 이기지 못하여 물집이 잡히기도 하고, 발목이 삐기도 하고, 무릎이 아파 오기도 했다. 처음에는 잘 걷지만 나중에 무너지기도 했고 그 반대가 되기도 하였다. 하지만 모두들 격려해 주고 진심으로 걱정해 주는 순례자들 덕분에 좌절하지 않고 걸을 만한 길이었다. 나의 아내는 초반에 발가락에 물집이 잡혀

서 조금 힘들었고, 400㎞를 지난 시점부터는 그동안의 무리로 인해 무릎이 서서히 아파 왔다. 하지만 하나님께서는 때마다 적절한 은혜의 손길로 순례길을 잘 걸을 수 있도록 인도해 주셨다. 또한 곳곳마다 선한 사마리아인을 숨겨 놓으셔서 우리를 도와주셨다.

순례길은 항상 마을을 통과하게 되어 있었고, 마을의 중심에는 성당(교회)이 있었다. 성당은 제일 좋은 위치의 높은 곳에 있었고, 동네와 도시마다 그 크기와 성당 내부를 장식하는 내용이 달랐다. 어떤 곳은 예수님이 주가 되었지만 대부분은 성모 마리아가 중심을 이루고 있었다. 간혹 야고보 성인, 기타 성인들로 전면을 장식하고 있는 곳도 있었다.

부르고스성당은 스페인의 3대 성당 중 하나로, 그 크기와 웅장함은 말로 표현할 수 없을 정도였다. 레온의 성당은 너무나 아름다운 스테인드글라스로 장식되어 있었다. 그러나 어떤 곳은 가정집보다 더 작은 성당들도 있었다. 하지만 모든 성당은 하나님의 영광을 드러내려고 지어진 것에 틀림이 없었다. 미사(예배)에 몇 번 참석하기도 하였고, 순례길 위의 성당에 들러 나의 간절한 기도를 드리기도 하였다.

인생의 길을 혼자 걷듯이 순례길도 혼자 걷는 길이었다. 물리적으로 다른 신체조건 때문이기도 하지만, 생각하는 것과 순례의 목적이 다 다르기 때문에 순례자들은 각자 나름의 길을 걷는 것이다. 치유의 목적을 위해 걷는 사람, 실직을 하고 새로운 도전을 위해 걷는 사람, 슬픔을 이기기 위해 걷는 사람, 단순히 걷는 데 초점을 맞추는 사람, 생의 전환을 위해 걷는 사람까지, 그야말로 다양한 목적을 가지고 사람들은 걷고 있었다. 또한 친구 간, 모녀간, 부자간, 부부간, 혼자서 걷는 사람, 걸으면서 서로 친구가 되는 사람 등 다양한 사람들이 섞여서 순례길을 걷고 있었다. 우리 부부는 같이 걸었지만 또한 많은 외국 사람과 만나고 헤어지고, 같이 자고, 식사하면서 지구촌의 친구들을 사귈 수 있었다.

야고보사도는 주님의 복음, 즉 사랑을 전하기 위해 땅 끝까지 전도 여행을 갔다. 그 사랑의 길 위엔 많은 사랑의 꽃들이 실제로 피어났다. 수많은 성당이 세워져서 하나님의 사랑을 전해 듣고 실천하는 사람들이 많아졌다. 하나님의 치유와 기적이 나타나서 오늘도 살아 있는 이야기를 전해 주는 산티아고 순례길이었다.

처음에는 걷는 것이 일로 다가왔지만 차츰 걷는 데 집중하고 몰입(to flow)하다 보니 걷는 것이 놀이(to play)로, 즐거움(to enjoy)으로 느껴졌다. 때로는 걷는 것이 아무 의미도 없는 것 같이 보이기도 하였고, 모든 것의 의미로 마음 깊숙이 새겨지기도 하였다. 그러나 결국은 걷는 것이 사랑의 행위로 각인되기 시작하였다.

산티아고 순례길은 우리 인생의 목적과 방향을 다시 확인하게 하였다. 순례길은 우리의 남은 생의 순간들을 주님의 아가페 삶으로 수놓아야 한다는 것을 깨닫게 한 아름다운 사랑의 영적 여행길이었다.

셀 그룹

리더는 희망을 파는 상인이다.

- 나폴레옹 -

도심의 교회가 대형화되고 있다. 주일예배도 여러 부로 나누어서 예배를 보니, 같은 교회 교인이라도 일 년을 통틀어 몇 번 보지 못하는 경우가 늘어 가고 있다. 교회 안의 작은 교회를 만들어 서로 사랑의 교제를 하고, 작은 공동체 생활을 하자는 것이 바로 셀 그룹(cell group) 운영이다. 처음 이 말을 접했을 때 무슨 세포 집단이라니 하면서 생소했었는데.

그런데 셀 그룹의 개념은 교회마다 조금씩 다르다. 한국적 상황에 맞게, 각 교회 상황에 맞게 변형시키다 보니 다양한 형태들이 생겨나기 시작하였다. 우리 교회(대구범어교회)는 2007년도에 셀 그룹을 운영하기로 계획하고 2008년부터 본격적으로 셀 그룹 모임(사랑방)을 시작하였다.

성별 · 연령별 · 지역별로 다양한 사랑방들이 생겨났다. 모임을 갖는 시간도 구성원에 따라 편리한 시간을 정하다 보니 주중에 모이기도 하고, 주말에 모이기도 하고, 주일에 모이기도 한다. 그리고 낮에, 저녁에 모이는 모임들이 각각 다르다. 여성들은 직장이 없는 경우 주중의 낮 시간을 정하여 모이니 사랑방이 제법 활성화되었다. 그런데 문제는 남성들, 특히 직장 생활을 하는 남자들의 사랑방 운영이 힘들고 활성화되지 않고 있었다는 점이다.

나는 2008년 2월부터 우석대학교 글로벌 역량 강화 연수차 4개월 동안 싱가포르에서 생활한 적이 있다. 싱가포르에 있는 제일 큰 교회이면서 셀 그룹 모임이 가장 잘 되는 교회가 시티 하베스트 교회(City Harvest Church: CHC)였다. 나는 CHC의 셀 그룹 모임을 잘 배워서 우리 교회의 사랑방 모임에 적용시키고 싶었다. 그래서 나는 교회 주소를 찾아 택시를 타고 주일예배에 참석하기 위해 싱가포르 서쪽의 주롱에 있는 CHC를 찾아갔다.

교회의 본당은 지하 3층으로 강대상이 가장 낮은 위치에 있어서 내려다보면서 예배 보기 좋게 확 틔어 있었다. 주차장은 지상에 배치되어 예배의 소리를 차단한 건축설계가 돋보인 교회였다. 교인수가 많아서 동쪽의 창이국제공항 근처의 엑스포를 빌려 토, 일 이틀간을 교대로 한 번씩 예배를 보고 있는, 그야말로 대형 교회였다.

나는 예배 시간보다 거의 한 시간 일찍 교회에 도착하여 이곳저

곳을 둘러보았다. 많은 사람들이 줄을 서서 교회 문 앞에서 기다리고 있었다. 예배는 중국어, 타밀어, 말레이어로 보는 예배가 있었고, 젊은이들을 중심으로 보는 영어 예배가 메인 예배로 드려지고 있었다. 안내를 맡은 아가씨(greeter)가 교회 처음 왔는지 물어서 그렇다고 했다. 그랬더니 핸드폰 번호를 물으면서 예배 후에 만나자고 하였다. 그런데 잠시 후에 나를 찾아와 자기 셀 그룹 원들이 함께 모여 예배 보는 장소로 안내하였다. 셀 그룹 리더가 자기를 앨빈(Alvin)으로 소개하더니, 예배 후 모임을 하는 데 참석할 수 있느냐고 물어 왔다.

예배는 정말 익사이팅 그 자체였다. 나는 젊은 친구들이 춤추며 찬양하는 모습을 보고 잠깐 디스코 장에 왔는지 착각할 정도였다. 싱가포르에 처음 와서 드리는 예배에 한국 교수의 체면을 차린다고 양복을 입고 예배에 참석하였는데, 담임목사인 홍희 목사님과 나만 양복 차림이었다. 얼마나 어색하던지 쥐구멍이라도 찾아 들어가고 싶었다.

예배에 참석한 젊은이들이 자유분방하게 온몸으로 드리는 찬양과 방언은 나를 놀라게 했다. 그다음부터 나도 복장이 바뀌었지만 목사님도 캐주얼, 청바지, 양복 등 정말 패션니스타처럼 옷을 입고 설교를 하셨다. 찬양 1시간, 설교 1시간, 마무리 30분으로 구성되는 총 2시간 30분의 예배가 순식간에 지나가곤 했다. 시간을 채우는 형식적인 예배가 아니라 성령 충만한 영적인 예배, 하나님의 은혜의 바다에 푹 빠져드는 느낌이었다.

예배가 끝나면 셀 그룹 식구들은 시간되는 사람끼리 교회 주변의 식당에서 같이 밥을 먹고, 축하할 일들을 챙기면서 여러 가지 주제의 모임도 가졌다. 주중의 셀 그룹 모임은 금요일 저녁에 모였다. 대부분 토요일이 휴무인지라 금요일 저녁 8시에 셀 그룹 모임을 하고 있었다.

우리 셀 그룹 모임(N 298)의 참석 인원은 약 30명이었다. 자기가 사는 아파트를 모임 장소로 제공하는 셀 그룹 구성원의 집에서 정기적으로 모였다. 사람이 다 모이기까지 간단한 게임을 하면서 친목을 도모하다가 8시가 되면 한 주일 동안 주님과 어떻게 만났는지 나눔을 하였다. 간단한 나눔이 끝나면 기도를 했고, 찬양 그리고 리더의 성경봉독과 메시지를 전하는 시간을 가졌다.

셀 그룹 모임은 거의 2시간이나 진행되었다. 모임이 끝나면 각자 가져온 음식을 나누며 친교하는 시간을 가졌다. 나는 셀 그룹 모임 장소까지 가는 데 거의 1시간이 걸렸기 때문에 저녁 7시에 집을 나서면 집에 올 땐 거의 마지막 버스를 타고 12시가 다 되어 국립싱가포르대학교(NUS)의 게스트 하우스로 돌아오곤 하였다.

주말에는 해변에 모여 자전거를 타거나, 볼링을 치기도 하고, 시내에서 만나 맛있는 음식을 먹기도 하고, 간혹 영화 구경도 하였다. 또한 국경을 넘어 말레이시아로 원정을 떠나기도 하였다. 앨빈은 나에게 연락을 취하는 담당자를 정해서 모든 연락을 전화나 이메일로 전해 주게 하였다. 그리고 간혹 나는 리더인 앨빈과 시내에서 만나 점심도 같이 먹곤 하였다. 그리고 주말엔 셀 그룹 원의 길흉사들을 챙기고 재미있는 활동들도 함께하였다.

나는 주말에 딱히 할 일도 없었던 터라 우리 대학교의 총장님이 방문한 한 주만 빼고는 셀 그룹 모임에 빠지지 않고 참석하였다. 그들은 한국에 대한 관심이 많았고 특히 한국교회와 한류에 대해 알고 싶어 했다. 나도 간혹 한국 식당에서 한식을 그들에게 대접하였고, 한국관광공사의 도움을 받아 한류와 한국 문화에 대해서 한 차례 특강도 하였다.

한국에 돌아올 쯤에는 서로 깊은 정이 많이 들었다. 특히 그들은 나의 성실성에 대해 좋은 감정을 가진 듯했다. 환송회는 나도 모르게 준비하여 진행을 하였는데, 전통음식과 퓨전음식 등을 많이 준비하였다. 커다란 천에 쪽지편지를 쓴 플래카드를 창문에 걸었고, 중간에는 "WE'LL MISS U PROF. YOUNG"이라고 썼다. 우리는 서로 껴안으며 아쉬운 석별의 정을 고하였고, 그 순간들을 사진과 비디오로 남겼다. 언어와 민족이 다르지만 주안에서 우리는 한 형제자매가 될 수 있었음을 확인하였다. 한국으로 돌아오는 날, 많은 셀 원들이 선물을 들고 창이공항으로 배웅을 나와 또 한 번 나를 감동의 도가니로 빠뜨렸다.

2009년 11월에 제19차 ACID(Asian Conference on Intellectual Disabilities) 국제콘퍼런스가 있어서 나는 다시 싱가포르를 방문하였다. 리더인 앨빈은 2008년 결혼 초였고 아내가 임신 중이었는데, 벌써 여자 아기가 태어나 제법 크고 예쁜 숙녀(?)가 되어 있었다. 나는 한국의 예쁘고 앙증맞은 아기 옷을 선물로 챙겨 가서 전해 주었더니 무척이나 좋아하였다. 내 제자들과 저녁 식사 자리를 마련했는데, 15명의 셀 그룹 원들이 나와서 우리를 환영해 주었다. 후에 앨빈의 셀 그룹은

60명으로 늘어나 두 개의 셀 그룹으로 나누었다고 한다.

셀 그룹의 성공 여부는 리더의 열정과 셀 그룹 조직을 움직이는 몇 사람의 노력과 헌신이 있을 때만 가능함을 알게 되었다. 안 된다고 하기 전에 최선을 다하는 노력이 있다면 우리를 사랑하시는 하나님께서 그냥 두고만 보실까? 도시 대형 교회의 사랑 회복은 헌신적인 셀 그룹을 운영하지 않고는 요원해 보인다. 셀 그룹이든, 사랑방이든, 모임이든 모두가 리더와 조원의 열정에 따라 성공의 여부가 결정된다.

마음으로 찍다

좋은 것은 멋진 것의 적이다.

- 짐 콜린스, 좋은 것에서 멋진 것으로 -

아름다운 풍경을 보면 한 장의 사진으로 남기고 싶다. 기념일이나 행사로 가족이나 친구들이 모이면 한 장의 사진을 남기고 싶은 것은 우리 모두가 추억을 반추하는 동물인 까닭이 아닐까? 옛날에는 흑백 사진도 찍기 어려웠는데, 디지털 세상으로 바뀌고 보니 우리 모두가 사진관을 하나씩 소유하고 있는 것 같다. 특히 스마트폰이 일상화되면서 쉽게 사진을 찍고 보내고 받고 편집도 할 수 있으니 세상은 오래 살고 볼 일이다.

나는 까미노 데 산티아고 사진전을 2011년 12월 대구범어교회에서 개최한 바 있다. 내가 사진을 잘 찍느냐고? 천만의 말씀이다. 사진을 배웠냐고? 아니올시다. 사진기가 좋으냐고? 아니, 그냥 일상으로 쓰는 디지털 카메라를 가지고 있다.

나는 멋진 사진을 보는 것을 즐긴다. 특히 여행을 가면 그곳의 그림엽서를 사는 취미가 있다. 그리고 잡지 속의 잘 찍은 사진을 보는 것도 꽤나 좋아한다. 때론 달력에 찍힌 사진을 유심히 보고 멋지다고 감탄을 하기도 한다. 그 외에 사진에 관한 이론서 하나 읽은 것이 고작인데, 어떻게 나는 사진전을 할 수 있었는지 뒤돌아 생각해 보니 신기하기만 하다.

안식년을 맞아 나는 아내와 같이 프랑스의 생장피드포르에서 스페인의 산티아고 데 콤포스텔라까지 순례길을 걷고 왔다. 순례길은 807㎞나 되는 긴 여정이었다. 30일 일정으로 우리 부부는 대학 때 친구 부자와 같이 순례길을 걷기로 결정하였다. 2011년 5월 22일부터 약 한 달간에 걸쳐 순례길을 걸었고, 후에 2주 동안 정열이 넘치는 스페인의 남부지방을 여행하고 무사히 귀국하였다.

사진전을 하게 된 것은 우연히 사진전을 해 볼까 생각한 꿈의 실현이었다. 순례길을 걸으면서 많은 사진을 찍었다. 우리와 다른 풍경, 집, 성당, 사람들을 쉽게 마음 가는 대로 셔터를 눌러 댔다. 순례길을 걸으면서 매일 간단한 일기를 썼는데, 일주일이 지난 어느 날 내 일기장에는 순례 후 사진전을 열고 싶다는 소망을 기록한 한 줄의 글이 있었다. 그리고는 까맣게 잊고 순례길을 무사히 마치고 귀국 했었다.

사진전을 열기는 쉽지 않다. 사진을 정식으로 배우고 그야말로 몇천만 원 하는 사진기를 가진 사람들도 작품사진 하나 건지기가 너무 어렵다고들 한다. 사진전문가에게 순례길에서 내가 찍은 사진을 보여 주었더니 사진전을 해도 손색이 없겠단다. 그래서 용기를 내어 크리스마스를 통해 교인들에게 산티아고 순례길에 대한 정보도 줄 겸, 네팔의 지적장애학교 건립을 위한 기금 마련을 위한 사진전을 계획하였다.

순례길을 걷는 것은 쉽지 않았다. 처음에는 순례자숙소(알베르게)에 방을 배정받지 못할까 노심초사하며 걷기에 바빴다. 예행연습을 하기는 했지만 내 아내는 일주일이 지난 시점부터 발에 물집이 잡히고, 400㎞를 넘어서는 무릎이 아파 오기 시작했다. 그런데 친구와 아들은 갈수록 탄력이 붙어서 속도를 높이고 하루 걷는 양도 많아지기 시작하였다. 그래서 우리는 콤포스텔라 대성당에서 만나기로 하고 각자의 페이스대로 길을 걷기 시작했다.

순례길은 혼자 걷는 길이다. 부부든 모녀든 부자지간이든 같이 걸을 수는 있지만, 생각하고 보고 느끼는 것이 모두 다르기 때문에 혼자 걷는 길이라고 말할 수 있다. 여유를 가지고 주변의 역사와 문화를 둘러보며 걷는 것이 진정한 순례길이다. 우리 부부는 친구 부자와 헤어진 후 우리의 페이스에 맞게 천천히 길을 걸었다.

팜플로나를 지나서 가장 큰 도시, 부르고스에 도착했다. 부르고스를 지나면 200㎞가 넘는 밀밭 평원인 메세타 지역이 나타난다. 지루하고 햇빛을 가릴 수 있는 나무 하나 없는 평지가 계속된다. 사람들은 대부분 이 지역을 대중교통으로 통과하기도 한다. 나의 아내는 무릎이 아픈지 이 지역을 뛰어넘자고 하였다. 그래서 나는 순례길을 걷기 전에 완주한다는 약속을 떠올리며 천천히 메세타 지역을 걸어 보자고 독려하였다. 걷고 난 후 돌이켜보니 우리가 가장 은혜를 많은 받은 구간이 이 지역이었고, 가장 좋은 사진을 많이 얻은 곳도 바로 이 구간이었다. 고난 중에 임하시는 하나님의 임재를 체험한 길이었다.

사진전을 계획하면서 나는 초대장을 만들었다. 찍은 사진 중 멋있는 사진 3장과 나의 시 한 편을 넣어서 만든 예쁜 초대장이었다. 후배교수가 받은 초대장의 사진을 펼쳐서 연구실에 놓아두었는데, 그 학교의 카미노 순례길을 여러 번 다녀서 잘 아시는 교수님이 정말 사진 멋지게 찍었다고 하셨단다. "이런 사진은 마음으로 찍지 않으면 얻을 수 없는 사진인데"라고 하면서. 그 말을 듣는 순간, 나는 사진을 마음으로도 찍을 수 있다는 사실을 알게 되었다.

나는 순례길에서 천오백장 정도의 사진을 찍었고 그중에서 33점의 작품을 선택해서 사진전을 했다. 많은 사람들이 순례길에 대한 정보를 얻었고, 교회는 지인들이 보내준 화환으로 한겨울의 삭막함을 떨치고 활짝 웃을 수 있었다. 열흘 동안 사진전이 계속되었고, 사람들은 마음으로 찍은 사진들을 보면서 감탄하였다. 100여 장의 사진을 디지털로 전시한 것도 또 하나의 성과였다.

제자들과 지인들은 나에게 좋은 사진기로 사진 찍으면 더 잘 찍을 거라면서 좋은 사진기를 사라고 부추긴다. 하지만 마음으로도 충분히 찍을 수 있다면 좀 더 숙고해 볼까. 사진전을 열 수 있었던 것은 전적으로 하나님의 손길이 나에게 임해서 이루어진 일이었음을 이 지면을 빌려서 고백하지 않을 수 없다.

갈릴리 호숫가에서

심령이 가난한 자는 복이 있나니 천국이 그들의 것임이요.

애통하는 자는 복이 있나니 그들이 위로를 받을 것임이요.

온유한 자는 복이 있나니 그들이 땅을 기업으로 받을 것임이요.

— 마태복음 5: 3-5 —

갈릴리 호수는 성경 속의 이야기 속에만 등장하는 줄 알았다. 그런데 오늘 갈릴리 호숫가에서 내가 폼을 잡으며 사진을 찍고 있다. 이집트, 요르단, 이스라엘 남쪽 유다광야와 예루살렘을 거쳐 이스라엘 북쪽의 갈릴리 바다까지 왔다. 관광버스가 언덕길을 내려갈 때 푸른 물이 넘실대는 호수를 보자, 직감적으로 갈릴리 호수라는 것을 알았다.

호수라고 하기에는 너무 큰 호수가 눈앞에 펼쳐졌다. 성경에는 갈릴리 바다라는 표현도 많은데, 이해가 안 되는 부분이기도 하다. 가이드의 말을 들어 보니 지중해와 가깝게 있어서 새벽에는 심한 풍랑도 자주 인다고 한다. 담수호니까 분명 갈릴리 호수가 맞지만 때때로 이곳 사람들은 풍랑이 큰 호수를 바다라고 하나 보다.

우리가 묵을 호텔은 갈릴리 호수가 내려다보이는 언덕 위 전망이 정말 좋은 위치에 있었다. 아침에 일어나 창밖을 보니 갈릴리 저편 바다에서 붉은 태양이 솟아오른다. 일출을 감상하며 여러 각도에서 사진을 찍어 본다. 괜찮은 작품이 나올까 하고. 아침 식사를 하러 식당에 가 보니 온갖 채소, 과일, 올리브, 다양한 치즈와 물고기들이 산더미처럼 쌓여 있어 그 풍성함에 깜짝 놀랄 지경이다. 북쪽으로 올라올수록 푸른 이스라엘 평원이 가나안땅은 아닐까 생각했는데 식탁을 보니 그 느낌이 더욱 강해진다.

오늘은 갈릴리 호수와 호숫가를 돌아보는 여행 일정이다. 먼저 예수님의 수제자 베드로 집을 방문하였다. 그 당시 베드로 집 위에 현대식 교회를 지어 놓았는데 굉장히 인상적인 교회였다. 때마침 인도에서 수녀님들이 단체로 와서 경건하게 미사를 드리고 있었다. 예수님께서 베드로 장모의 열병을 고쳐 준 곳이기도 하지만, 그 장모는 예수님을 미워하기도 했을 것 같다. 고기 잘 잡는 사위 베드로를 사람 낚는 어부로 데려갔으니 말이다. 아마 딸의 고생을 좋아할 엄마는 세상 그 어디에도 없을 것이다. 베드로의 집 앞에는 기둥만 남은 공회당이 있었다. 꽤 규모가 커서 그때 당시의 마을 크기가 상상되었다.

산상수훈으로 유명한 팔복교회에 갔다. 갈릴리 호수가 내려다보이는 언덕에서 예수님의 말씀을 듣기 위해 수많은 인파들이 풀밭에 앉아 있는 가운데 예수님께서 서서히 입을 여셨다. "심령이 가난한 자는 복이 있나니 천국이 그들의 것임이요 애통하는 자는 복이 있나니 그들이 위로를 받을 것임이요." 교회 위치를 보니, 좋은 말씀을 해야 할 것만 같은 느낌이 든다. 그래서 예수님은 팔복에 관한 말씀을 하시지는 않으셨을까. 천국복음을 듣는 그들의 심정이 얼마나 기뻤을까를 상상해 본다. 교회는 팔복을 기념하여 제단을 비롯하여 건물 외관도 팔각형으로 만들었다. 정원에는 팔복의 기도 장소가 마련되어 있었다.

다음으로 찾아간 교회는 베드로 수위권 교회였다. 예수님께서 십자가에 못 박히신 후 예수의 제자임을 세 번 부인한 베드로는 새벽닭 울음과 함께 통곡하였다. 낙담한 베드로는 도마와 나다니엘과 다른 제자와 함께 갈릴리 바다에서 고기를 잡고 있었다. 밤새 아무것도 잡지 못한 그들 앞에 주님이 그물을 오른편에 던지라고 말씀하셨다. 밤새 한 마리도 잡지 못한 그들은 그물이 찢어질 만큼 많은 고기를 잡아서 바닷가로 나왔다. 그런데 물가의 큰 바위 위에 숯불을 피우고 예수님은 제자들의 조반을 준비하고 있었던 것이다. 2000년의 세월은 무심히도 흘러갔지만 바위는 변하지 않고 예수님의 사랑의 흔적을 그대로 새기고 있는 듯하다.

예수님은 "요한의 아들 시몬아, 나를 사랑하느냐?", "네가 나를 사랑하느냐?", "네가 나를 사랑하느냐?"라고 세 번이나 똑같은 질문을 하셨다. 베드로는 "주여 그러하외다."라고 대답을 하였다. 예수님께서 "내 어린양을 치라.", "내 양을 치라.", "내 양을 먹이라."고 부탁을 하시며 낙망하여 용기를 잃고 있는 베드로에게 희망과 용기를 주셨다. "베드로야, 이제 너는 사람을 낚는 어부가 아니라 사람을 키우는 목자가 되어라."고 주님이 간곡히 부탁하셨다. 사명자가 되라는 교회 뜰의 예수님과 베드로의 동상이 너무나도 사실적이다. 나에게도 "내 양을 치라."는 주님의 음성이 간절하게 들리는 듯하다.

수위권 교회는 검은 현무암으로 단아하게 지어졌으며, 교회 안에는 오병이어의 모자이크가 강대상 앞바닥을 장식하고 있었다. 오병이어의 기적은 벳새다광야에서 일어난 일인데, 어떻게 오병이어 모자이크가 여기에 새겨져 있는지는 이해가 되지 않았다. 하지만 많은 사람들이 와서 조용히 무릎 꿇고 기도하는 모습은 너무나 인상적이었다.

금강산도 식후경이란 말이 있다. 오전에 몇 곳을 돌고나니 푸짐하게 아침 식사를 많이 했는데도 배꼽시계가 밥 달라며 종을 울렸다. 근처의 식당에서 점심을 먹었다. 메뉴는 베드로 고기튀김이다. 전통 빵과 샐러드, 밥, 그리고 바싹하게 튀긴 베드로 고기 한 마리이다. 식당은 여행객들로 발 디딜 틈이 없다. 차례를 기다려 자리에 앉아 베드로 고기와 씨름을 한다. 고소한 게 맛이 있다. 2000년 전에 베드로가 잡았던 까마득한 후손의 물고기가 접시에 누워 나를 말똥말똥 쳐다보고 있는 듯하다. 넌 어디에서 왔냐고 질문이라도 하는 듯이……

오후에 잠깐 휴식을 취할 겸 키브츠 농장이 운영하는 매점에 들러 선물을 샀다. 대추야자, 과일 말린 것, 꿀, 향비누 등 다양한 종류의 선물이 넘쳐났다. 선물은 뭐니 뭐니 해도 먹는 게 최고다. 아버님과 형제들을 위해 대추야자를 샀다.

한국에서 가이드로 오신 목사님께서 석양에 맞추어 배를 타고 갈릴리 호수에서 선상 성찬식을 할 계획이란다. 목사님은 빵과 포도주 그리고 올리브나무로 깎은 포도주잔을 준비하셨다. 찬송을 부르고 기도를 한 뒤 목사님은 성찬식을 집례 하셨다. 배는 고요히 정지해 있다. 고요한 바다 위에서 2000년 전의 갈릴리 호수를 묵상해 본다. 까닭 없이 뜨거운 눈물이 난다. 은혜의 눈물이 분명할 거야. 성찬식을 끝내고 우리 여행팀은 각자 서로를 껴안으며 사랑한다는 말을 주고받았다. 해는 서서히 기울면서 갈릴리 호수에 금빛 물결을 수놓기 시작한다. 선상에서 처음 해 보는 성찬식은 감동의 물결 그 자체였다. 오래 간직되고 영원히 남을 성찬식이 되겠지.

그 옛날 예수님이 거니셨던 갈릴리 호수를 돌아보는 길은 너무도 은혜로웠다. 성경 속에 나오는 장소들이 생생하게 그대로 보존되어 있었다. 그리고 그 순간들이 아직도 살아 있음이 느껴졌다. 성지순례 후 성경 속에 나오는 이야기와 장소들이 선명하게 기억나 신앙에 적지 않은 도움이 되고 있다. 물론 성지순례에 관한 책을 여러 번 읽기는 했지만 말이다.

하루라도 젊을 때 도전해 보시길, 성지순례! 당신의 인생에 아롱다롱 무지개로 뜰 테니까.

생명의 삶

예수께서 이르시되 내가 곧 길이요 진리요 생명이니
나로 말미암지 않고는 아버지께로 올 자가 없느니라.

– 요한복음 14: 6 –

산다고 다 사는 게 아니라는 말이 있다. 주어진 운명을 방어하기에
도 급급한 인생을 두고 하는 말일 것이다. 진정으로 산다는 것의 의
미는 무엇일까? 꿈을 가지고 살아가는 인생, 도전하는 인생, 가족과
이웃을 사랑하며 살아가는 인생이 진정으로 살아가는 삶이라고 할
수 있다. 그러나 기독교인들의 삶은 하나님과 함께하는 삶만이 '생명
의 삶'이라고 할 수 있다.

생명의 삶을 살기가 쉽지만은 않다. 사람은 너무나 의지가 약해서
마음먹고 일을 계획하지만 그대로 실천하기가 쉽지 않다. 그래서 바

보들은 항상 결심만 한다고 하나 보다. 만약에 자기가 계획한 대로 실천하는 사람이 있다면 그 사람은 정말 의지가 강한 사람임에 틀림 없다. 기독교인들의 기도에는 항상 하나님의 영광을 위하여 살게 해 달라고 하지만, 그렇게 살고 있는 사람을 찾기란 쉽지 않다. 또 항상 하나님과 동행하며 살겠다고 하지만 그런 사람도 그렇게 많지는 않은 것 같다.

나도 한때는 생명의 삶을 살기 위해 부단히 노력한 적이 있었다. 그런데 나의 연약함과 탐욕으로 인해 항상 넘어지고 쓰러지기가 일 쑤였다. 지나온 시간들을 뒤돌아보니, 절박한 상황일 때만 하나님께 매달리며 하나님을 이용한 삶이 아니었는지 모르겠다. 그러나 나는 하나님과의 관계가 멀어졌다 다시 돌아오는 수많은 기회를 통하여 그나마 오늘의 은혜로운 삶을 지탱하고 있는 것 같다.

유년 시절에서 중학교까지는 그저 말 잘 듣고 부모님 속 썩히지 않는 범생이 학생이었던 것 같다. 고등학교에 올라와서 내 신앙에 대해 고민도 하고, 왜 나는 기독교인으로 살아야 하는지 많은 생각을 하기도 했지만 이내 친구들과 어울려 교회 생활을 무리 없이 잘 꾸려 나갔다. 대학교 생활도 그 연속선상에 있었던 것 같다. 군대에서는 철책근무를 했는데, 내가 근무하는 기지에 작은 교회(기드온교회: 동부전선의 철책에서 50m 떨어진 곳에 있는 아주 자그마한 교회)가 있어서 주일마다 사병들과 함께 예배를 드렸다. 직장 생활을 하면서 세상의 유혹들이 하나둘씩 찾아왔고, 지금까지 가지고 있던 도덕관과 신앙관이 송두리째 흔들리기 시작했다. 겨우 주일 성수만 하고 있었다.

내가 생명의 삶을 시작한 것은 꽤 나이가 들어서였다. 결혼을 하고 인생 전환을 하기 위해 특수교육 공부를 시작하고 난 뒤부터가 정확할 것 같다. 그때 나는 힘들고 어려웠다. 내 인생에서 광야 생활과 같은 시기였다. 오직 믿을 것은 나 자신과 가족, 그리고 하나님밖에 없었다. 나는 하루를 여는 첫 시간에 하나님을 만나기 시작했다.

사도신경으로 신앙고백을 하고 하나님께 영광을 돌리는 찬양, 말씀 읽기, 기도 그리고 주기도문으로 이어지는 예배를 보기 시작했다. 예배가 끝나면 하루에 할 일을 적는 일기를 썼다. 하루 이틀 하다가 끝내지 않고 거의 매일 했다. 처음에는 습관이 되지 않아 힘들었지만 날이 갈수록 탄력이 붙기 시작했고, 1년이 지나면서부터 예배를 보지 않으면 도리어 이상한 느낌이 들었다.

하나의 좋은 습관을 만들기는 힘들지만 한번 만들어진 좋은 습관은 하루하루의 삶을 성공적으로 만들기에 충분했다. 하나님께서 공급해 주시는 지혜와 능력이 나타남을 느꼈다. 하는 일이 순방향으로 잘되었고, 하나님께서는 적재적소에 좋은 사람을 보내어 많은 일들을 쉽게 해결할 수 있게 하셨다. 작은 변화들이 쌓여서 점점 큰 변화를 만들어 갔고, 나는 흔들리지 않는 믿음과 세상을 이길 만한 자신감이 생기기 시작했다. 성실하게 최선을 다하는 노력이 몸에 붙게 되었다.

"진리가 너희를 자유케 하리라."는 말씀이 나의 뇌리에 크게 각인되기 시작했다. 지나온 30년을 돌이켜보니 보잘것없고 나약한 나를 들어 사용하시는 하나님의 은혜를 간증하려면 이 지면이 모자랄 것이 분명하다. 생명의 삶을 산다면 당신의 인생에도 멋진 꽃이 필 것이다. 나는 그것을 체험해 왔고, 나의 부족한 믿음과 탐욕에도 언제나 나를 지극히 사랑하시는 하나님의 은혜를 순간순간 느껴 왔다.

최근 들어 내 삶의 자세가 흐트러지기 시작했다. 예배를 보는 시간이 줄어들고 있고, 바쁘다는 핑계로 사도신경만 외우고 하루 일을 시작하는 날이 많아졌다. 그러면 안 되는데 하면서도 예전의 그 생활을 온전히 시작하지 못하고 있다. 한때는 두란노서원에서 나온『생명의 삶』으로 나름 QT를 열심히 했었는데 말이다.

나는 일주일의 3박 4일을 대구에서, 4박 5일을 전주, 아니 정확히 말하면 완주군 삼례에서 생활한다. 일주일이 9일인 셈이다. 그런데 불편한 점이 많은 것은 사실이다. 신앙생활에서는 여러 가지 면에서 단절되어 있고, 삼례에서는 자기조절을 하지 않으면 무너지기 십상이다. 1년 동안 사랑방목자를 하면서 충성스럽게 사랑방원들을 섬기지 못했다. 그래도 사랑방 교재가『생명의 삶』이어서 다시『생명의 삶』을 읽고 QT를 하기 시작했다. 그런데 성경이 단편적으로 들어오고 QT를 해도 아무런 감동이 일어나지 않았다. 그런데 10월의『생명의 삶』QT 본문이 구약의 욥기서였다.

나는 구약성경 중에서 시편, 잠언, 욥기, 전도서를 많이 읽어 왔다. 욥기를 묵상하는 동안『생명의 삶』이 나를 깨웠다. 나는 성경을 꼼꼼히 읽고 QT를 하면서 느끼고 생각한 것들을 메모하기 시작했다. 생명의 삶이란 하나님을 찾고 하나님과 함께하는 삶이다. 나는『생명의 삶』을 통해 다시 나의 신앙생활을 점검하기 시작했고 예전의 습관을 회복해 가고 있다. 하나님을 두려워하는 삶, 하나님을 경외하는 삶이야말로 그분의 힘과 능력을 공급받고 세상으로 나가 복음을 전하며 진정한 이웃 사랑의 삶을 살 수 있게 하는 원동력이다.

오, 하나님! 이 연약한 종을 붙들어 주소서.

여호와 이레

아브라함이 눈을 들어 살펴본즉

한 숫양이 뒤에 있는데 뿔이 수풀에 걸려있는지라

아브라함이 그 숫양을 가져다가 아들을 대신하여 번제를 드렸더라

아브라함이 그 땅 이름을 여호와 이레라 하였으므로

오늘날까지 사람들이 이르기를

여호와의 산에서 준비되리라 하더라.

- 창세기 22: 13-14 -

인생은 길고 긴 먼 여행이다. 태어나서 죽을 때까지 먼 여행을 하는 것이 바로 인생이 아닐까. 긴 인생의 여정에서 우리는 참으로 많은 일을 겪게 된다. 어떤 때는 좋은 일로 기뻐할 때가 있는가 하면, 어떤 때는 좋지 않는 일로 슬퍼할 때가 있다. 짧은 여행 기간 중에도

종종 힘들고 곤란한 경우를 맞이하게 되는 경우가 있다. 이러한 곤란한 상황에서 의외의 도움을 받아 힘든 일들이 쉽게 해결된다면, 여러분은 어떤 생각을 하게 되는가?

여행에서 만난 극적인 도움의 손길을 경험하면서 나는 하나님께서 미리 준비한 천사가 나타난 것이라고 말하고 싶다. 즉, 아브라함이 이삭을 제물로 바치려고 할 때 미리 제물을 준비해 놓으셨던 것처럼 말이다. 준비해 주시는 하나님, 여호와 이레이다. 하나님은 우리를 눈동자같이 보호하시며 우리가 어디로 가든지 동행하시고 선한 길로 인도하신다. 여행 중에 준비해 주신 하나님의 천사 이야기를 해 보려 한다.

2003년 여름 특수교육과 학생 5명이 호주의 통합교육을 배우기 위해 학교에 프로젝트를 제출했고, 그것이 당선되어 나는 지도교수 자격으로 호주에 갈 기회가 생겼다. 우리 팀은 호주의 남부 애들레이드대학교 특수교육과 교수님을 만나 통합교육의 전반적인 상황에 대해 인터뷰를 하였다. 그리고 시드니의 몇 곳 초등학교의 특수학급과 통합학급을 방문하였고, 그곳의 통합교육의 현장을 돌아보면서 느낀 점을 보고서로 작성하였다.

호주에 가서 프로젝트를 완수하는 일 외에도 우리는 먼 호주까지 왔으니 호주의 멋진 곳을 여행하는 일도 계획에 포함시켰다. 그래서 우리는 최대한 경비를 아껴서 많은 곳을 여행하고자 하였다. 숙소는 주로 백팩호텔이었고 가능하면 취사가 가능한 곳에서는 식사 문제를 스스로 해결하고자 했다. 여학생들은 내 식사가 걱정되는지 무엇을 준비해야 할지 묻곤 했지만, 나는 걱정하지 말라며 나도 식사당번을 하겠다고 자원하였다. 일주일이 지나서 내가 학생들에게 양념 돼지고기 불고기와 미역국을 끓여 주었더니 학생들은 너무 맛있다고 좋아들 했다.

시드니에서 브리즈베인으로 가는 길에 들른 콥스 하버라는 곳에서 있었던 일이다. 예약을 하다 보니 백팩 민박집에 하루밖에 예약할 수밖에 없는 사정이 발생하였다. 그래서 하루를 예약하고 하루는 어디서든 시간을 때우고 새벽 일찍 브리즈베인으로 가는 버스를 타기로 하였다. 그런데 호주의 시골은 한적하기가 이루 말할 수 없었다. 모텔은 찾아볼 수도 없고, PC방이나 찜질방이 있는 것도 아니라서 거리에 나앉을 형편이 된 것이다. 모르긴 해도 학생들이 하루라도 호텔에서 잠을 자지 않으면 잠자는 경비를 절감할 수 있기 때문에 그렇게 예약한 것 같기도 하였다.

우리는 토요일에 도착하여 노을이 지는 해변에서 아름다운 펠리컨들이 물고기를 잡으며 노니는 모습과 젊은이들이 멋지게 파도타기하는 모습을 구경하였다. 그다음 날은 주일이었다. 아침을 먹고 구경을 가다가 교회를 발견하고, 우리는 주일예배를 그곳에서 드리기로 결정하고 예배에 참석하였다. 벌써 예배가 시작되었고 목사님께서 설교를 하고 계셨다. 예배 보는 도중에 동양인 여섯 명이 교회 안으로 우르르 들어가니, 모든 사람의 시선을 확 잡아끌기에 충분하고도 남았다.

예배 후 부속건물에서 조촐한 파티가 열린다고 하였다. 한 젊은 부부가 이사를 가기 때문에 송별 파티를 한다는 것이었다. 우리는 상황 판단도 하지 않은 채 대뜸 그곳에 참석하였다. 파티니까 뭔가 먹을 거라도 좀 얻을 수 있을까 하고 말이다. 그런데 목사님께서 광고 말씀 비슷한 것들을 하시고 뭔가 부탁을 할 것이 있으면 하라는 멘트를 하는 게 아닌가. 이때다 싶어 나는 목사님께 우리의 사정을 이야기하고 하룻밤만 재워 줄 수 있는 가정을 구한다고 하였다.

목사님의 광고 말씀이 떨어지기 무섭게 한 할머니께서 손을 드시더니 자기 집에 재워 주겠다고 하는 게 아닌가. 나와 우리 학생들은 깜짝 놀랐다. 어떻게 이런 일이 일어날 수 있는지, 우리는 서로 얼굴을 번갈아보며 좋아하였다. 할머님의 이름은 베티(Betti)였다. 베티 할머니는 일본에 여행한 적이 있다고 했고, 자녀들은 모두 출가시킨 상태였다. 그날 저녁 우리는 베티 할머니 집에서 머물게 되었다. 할머니는 빈 방의 침대마다 깨끗하게 빨아 놓은 침대 시트를 씌워 주시고는 우리를 편안히 잠잘 수 있게 해 주셨다.

저녁이 되자, 할머니는 맛있는 요리를 해서 저녁 식사를 할 수 있도록 해 주셨다. 오랜만에 손님이 와서 너무 기쁘다면서 식탁에 촛불을 밝히셨다. 그리고 가족 이야기랑 한국에 대한 이야기를 밤늦게까지 나누다 우리는 잠이 들었다. 새벽 일찍 할머니는 수프와 빵으로 우리 아침 식사까지 준비해 주셨다. 집 떠나는 손자들처럼 아침을 든든하게 먹어야 한다면서.

학생들은 호주에 사는 현지인의 집에서 먹고 잔 것에 대해 참 좋은 경험을 했다고 자부심을 느끼며 매우 신기해하였다. 여행이 끝나고 한국에 돌아와서 우리는 베티 할머니와 한동안 서로 편지를 주고받으며 하나님께서 예비하신 베티 천사 할머니에 대해 이야기하곤 했다.

두 번째 이야기는 산티아고 순례길을 걸을 때의 이야기이다. 며칠간 메세타 지역을 걷는데 힘이 많이 들었다. 가도 가도 끝이 없는 길이 이어졌다. 밀밭은 누렇게 익어 가고 있고, 길가에는 빨간 아네모네 꽃이 만발하고 있었다. 고원 평지를 계속 걷다가 얕은 계곡이 끝없이 이어지는 길이었다. 산 안톤의 무너진 성당을 지나 우리는 고성이 아름다운 산중턱의 카스트로 해리스 마을로 들어가고 있었다.

사람들은 삼삼오오 이야기꽃을 피우며 걷고 있다. 파라솔을 쓰고 걷는 사람도 있고, 머리에다 큰 꽃을 꼽고 걷는 사람도 눈에 띈다. 모두들 힘내라고 부엔 까미노를 외친다. 때론 부둥켜안고 서로 힘을 돋운다. 우리 집 내무부장관의 무릎이 점점 통증이 심해지나 보다. 우리가 한 마을을 더 걷기에는 도저히 무리이고 카스트로 해리스의 알베르게에 들어가자니 시간이 너무 어중간하다. 이곳에 잔다는 것도 썩 마음이 내키지 않는다. 어떻게 할까 망설이며 일단 벤치에 앉아 쉬고 있으니, 젊은 친구들이 빠르게 우리 곁을 스쳐 지나간다.

스페인의 시골에서는 영어가 잘 통하지 않는다. 스페인어를 모르면 거의 의사소통이 안 된다. 한때는 세계 제일의 부국이었고 영국과 경쟁을 했으니 영어를 강조했을 리가 없다. 우리는 걷든지 아니면 여기서 잘 수밖에 없는 상황이라 판단하였다. 그래서 조금 걸어 수퍼마르게또(마켓)에 들렀더니, 세 사람의 아주머니가 대화를 나누고 있었다. 그중 한 사람은 옷차림이나 얼굴 모습이 시골 사람 같지 않아

보였다. 그래서 우리 부부는 조심스레 영어를 할 수 있느냐고 물어보았다. 그랬더니 그 부인이 "Of course."라고 대답하는 게 아닌가.

우리는 한국에서 왔고 보다시피 순례길을 걷고 있다고 하였다. 나의 아내가 무릎이 아파서 여기서 두 마을 떨어진 곳까지 택시를 이용하고 싶다고 했다. 그랬더니 조금 기다려 보라며 택시회사에 전화를 해서 알아보더니 15분 이내로 택시가 올 수 있단다. 우리는 우리를 위해 천사를 이곳에 준비해 놓고 기다리시는 하나님의 손길을 느꼈다. 그 시골에서 영어를 사용할 수 있는 사람을 만나리라고는 누구도 상상하지 못하였는데, 어떻게 그 시간 그곳에 영어를 할 수 있는 사람이 있는지.

우리는 택시 기사의 제스처와 보디랭귀지로 몇몇 유명한 곳의 설명을 들으면서 우리가 묵을 마을에 도착하였다. 우리는 그날 알베르게에서 같은 방에 묵게 된 스페인의 남쪽 말라가에서 온 두 부부를 만났다. 우리보다 조금 연배인 듯한 두 부부는 건강하게 생겼고 행복해 보였다. 내가 "당신, 어디서 왔어요?", "내 이름은 이영철입니다."라는 스페인어 몇 마디에 우리는 금세 친한 친구가 되었다. 먼 동양의 꼬레아에서 온 우리가 신기하나 보다. 이후 순례길에서 만날 때마다 너무나 반가워하면서 온몸으로 우리에게 애정을 표현하였다. 언제 어디서나 하나님은 우리를 위해 가장 좋은 것으로 준비하고 계심을 여행길에서 늘 느낄 수 있었다.

늘 고백해도 모자라는 나의 말, 하나님 아버지 사랑합니다. 감사합니다. 여호와 이레!

우연의 꽃

사적인 인간관계는 비옥한 토양이며
그것으로부터 인생의 모든 진보와 성공과 성취가 생긴다.

- 벤 스타인 -

　벼르고 벼르던 성지순례를 떠나기로 했다. 몇 년 전부터 벼르던 터
키 속의 바울사도의 선교지를 따라가 보려고 여행사에 전화했다. 여
행사를 운영하시는 목사님께서 구약시대 성지부터 순례해야 성경의
맥이 잡히며, 특히 이집트의 룩소르부터 가야 한다는 강력한 추천을 따
라 이집트, 요르단, 이스라엘을 보는 성지순례를 먼저 하기로 결정
했다. 이집트에서는 민주화 바람인 재스민혁명이 한창이어서 우리는
여행이 안전한지 몇 번이나 확인하였다. 여행 일정은 두바이를 거쳐
룩소르, 기차를 타고 카이로, 시내반도와 요르단, 이스라엘을 돌아

보는 일정으로 짜이어져 있었다.

시간을 거슬러 성지순례를 떠난다는 사실이 여느 여행과는 다르게 느껴졌다. 인천공항에서 미팅 후 가이드 하는 L목사님이 여행 일정에 다소 변경이 있을 것 같다고 하였다. 이집트의 상황이 꽤 심각하여 통금시간이 생기는 바람에, 두바이에서 밤비행기로 룩소르로 들어가게 되어 있었는데 룩소르로 갈 수 없는 상황이 된 것이다.

두바이 현지 시각으로 밤 8시에 두바이 국제공항에 내렸다. 사막에 마천루 빌딩들이 현대판 바벨탑처럼 경쟁이라도 하듯이 하늘로 치솟고 있었다. 숙소에 짐을 놓고 우리는 세계에서 제일 높은 건물인 버즈 칼리파를 보러 갔다. 버즈 칼리파는 우리나라 삼성건설이 시공사로 참여한, 높이 882m, 162층의 호텔이었다. 뾰족한 원통형의 버즈 칼리파는 밤의 네온불빛을 받아 더욱 아름답게 보였다. 너무 높아 사진기에 담기가 쉽지 않았지만 건물 앞 분수를 넣고 사진을 찍었다. 그리고 옆에 있는 두바이 쇼핑몰에서 쇼핑을 잠깐 하고, 밤 10시 반에 숙소로 돌아와 잠을 청했다. 새벽 3시 반에 모닝콜이다. 아침 7시 25분 비행기를 타기 위해서.

두바이 샤자(Sharjah) 국제공항에서 두바이 항공을 이용해 우리는 이집트의 북부도시인 알렉산드리아로 가기로 되어 있었다. 거의 모든 사람이 이슬람교도라 공항에서도 특유의 무슬림 복장으로 사람들이 근무하고 있었다. 턱수염이 진하고 덩치가 큰 사람들이 때로는 무섭게 느껴졌다. 말도 안 통하는데 수속 때 문제라도 생기면 어쩌나 하고 모두들 걱정하였다. 그러나 걱정과는 달리 우리는 무사히 수속을 끝내고 비행기에 탑승할 수 있었다.

아침을 못 먹은 탓에 우리는 기내식으로 아침을 해결해야 했다. 우리가 탄 비행기에서는 기내식이 제공되지 않고 개인이 돈을 내고 주문해서 먹어야 했다. 우리 일행은 서울 E교회에서 오신 10명, 충남 K교회에서 오신 7명, 우리 내외, 서울 M교회에서 오신 권사님 1명, 그리고 인솔자 목사님까지 총 21명이었다. 메뉴를 보고 음식을 주문했는데 기내에 준비된 음식이 모자라는 것이었다. 그래서 주문을 바꾸기도 했지만, 음식은 빨리 나오지 않고 힘든 상황이 연출되었다.

식사를 끝내고 나니 비행기 안을 둘러볼 수 있는 여유가 생겼고 또 비행기 창문을 통하여 아래쪽을 볼 수 있었다. 우리 비행기는 사우디아라비아 상공을 날고 있었다. 모래바람이 거세게 휘몰아치는 가운데 양 떼를 치고, 낙타를 몰고 가는 베두인들이 희미하게 보였다. 이런 척박한 환경 속에도 사람이 살아가고 있구나 하는 생각에 금수강산을 누리며 살아가는 나 자신이 한없이 행복하게 느껴졌다. 항상 곁에 있어 좋은 것을 느끼지 못하는 나에게 여행은 많은 것을 깨닫게 해 준다. 하나님께 감사와 찬송이 절로 나온다.

우리 앞은 뒤쪽으로 함께 여행하고 있는 아랍계 두 가족이 있었다. 한 가족은 자녀들이 중·고등학생인 것으로 보아 가장이 나보다 조금 나이가 적은 것 같았고, 한 가정은 초등학생을 둔 젊은 가장의 가족이었다. 계속 우리를 보고 싱글벙글 웃는 초등학생이 있어 학생 아버지와 대화를 나누어 보았다. 두 가족은 친척 간으로 아부다비에서 살고 있으며 자신들도 기독교인으로 성지순례를 간다고 하였다. 또한 자신들은 3대째 믿음을 지키고 있다고 했다. 무슬림이 대부분인 국가에서 신앙생활을 하는 데 문제가 없냐고 물었더니 "No problem!" 괜찮다고 하였다.

싱글벙글 웃던 초등학생의 이름은 '한국'이라고 했다. 이유를 물어보니 자기는 한국의 거제도에서 태어났으며, 아빠(Daniel)가 5년 동안 거제도의 조선소에서 근무했다고 했다. 한국에 다시 가 보고 싶다고 했고, 한국 음식도 먹고 싶다고 했다. 아침 식사를 할 때 우리의 소란을 보고 속으로 웃지나 않았을까를 생각하니 괜히 낯이 뜨거워졌다.

나이 든 친구의 이름은 쿠마르(Kumar)였다. 석유시추 및 플랜트 회사의 중역이었다. 우리는 서로에게 각자를 소개한 뒤 많은 이야기를 주고받았고 명함을 교환했다. 여행 후 그는 나에게 막벨라 굴과 황금사원 앞에서 찍은 가족사진을 보내 주었다. 특히 그는 인도 뭄바이 지역의 가난한 슬럼가에 한 몸에 양성성기를 가진 사람(Eunuch)들의 전도를 위해 1년에 두 차례 정도 뭄바이를 방문한다고 하였다. 세상에는 소외받는 사람들이 진짜 다양하다는데 크게 놀라지 않을 수 없었다. 드러나지 않는 곳에서 힘들고 궂은일을 하는 쿠마르가 대단해 보였고, 나에게 잔잔한 감동을 불러일으켰다. 언제쯤 나도 야무지게 철이 들어서 그런 일들을 해낼 수 있을까?

비행기가 쉴 새 없이 북쪽으로 날다 갑자기 비상착륙을 한다는 멘트가 나왔다. 사우디아라비아의 최북단에 있는 조그마한 군용비행장(Hail)이었다. 비행기는 조심스레 착륙을 했고, 나는 왜 착륙을 했는지에 대한 설명이 없어 갑갑하기만 했다. 그런데 누구 하나 나서서 왜 비행기가 비상착륙했는지 물어보거나 따지는 사람이 없었다. 두 시간이 넘어가자 사람들도 지루한지 서서히 좌석에서 벗어나 통로에 일어서기 시작했다. 군용비행장 측과 이야기가 잘되었는지 우리는 비행기 밖으로 나가 바람도 쐬며 군용매점을 이용할 수 있다고 하였다. 나중에 알고 보니 승객 중에 한 명이 심장발작을 일으켜 응급처치를 하기 위해서였단다.

비행기는 거의 네 시간 이상을 지체해서 이륙을 했고, 우리 여행의 첫날 일정은 그렇게 단추가 잘못 끼워져 가고 있었다. 사람이 살다 보면 우연이 있게 마련이다. 우연은 좋은 인연을 만들어 내기도 하고 시간을 다투는 긴급한 사안에 대해서는 힘든 상황을 연출하기도 한다. 쿠마르 가족과 알렉산드리아 공항에서 헤어질 때 "인연이 있으면 여행 중에 다시 만나요."라고 했지만 다시는 만날 수 없었다.

인생은 필연과 우연으로 짜이는 아름다운 무늬옷감과 같다. 인생에서 수도 없이 일어나는 우연의 무늬를 어떻게 받아들일지 생각해 본다. 만나고 헤어지는 우연이 내 인생에 아름다운 꽃으로 수놓이기를 소망한다.

야베스의 기도

야베스가 이스라엘 하나님께 아뢰어 이르되

주께서 내게 복을 주시려거든 나의 지경을 넓히시고

주의 손으로 나를 도우사 나로 환난을 벗어나

내게 근심이 없게 하옵소서 하였더니

하나님이 그가 구하는 것을 허락하셨더라.

― 역대상 4: 10 ―

기도는 영혼의 호흡이다. 우리가 기도하지 않으면 인생을 잘 살 수 없다. 그만큼 기도는 우리 삶에 없어서는 안 될 중요한 요소이다. 신앙인이든 아니든 나름의 기도를 하고 있다. 누구나 바라는 소원이 있고, 그것을 이루기 위해 정성을 모아 기도를 한다.

나는 2001년에 미국 오리건 주 유진에 있는 오리건대학교(University

of Oregon)에 1년 동안 교환교수를 다녀온 적이 있다. 유진에 1년 동안 체류하면서 적응하기 위해 나름 쇼핑도 하고 교회공동체에서 자원봉사활동을 하였다. 특히 일주일에 한 번 코스트코(Costco)에 부지런히 드나들며 필요한 식료품과 생활용품들을 사다 나르는 것은 정기적인 행사였다.

코스트코에 가면 없는 것이 없다. 식구는 세 명이었는데도 이런저런 것들을 체험해 보기 위해 코스트코를 애용했던 것 같다. 고기며, 과일이며, 빵이며, 와인이며, 각종 일상용품의 종류가 얼마나 많던지 골라서 사는 것이 정말 힘들 정도였다. 간혹 바겐세일이라도 하면 사람들은 어김없이 구름 떼처럼 몰려들곤 했다.

수시로 기획전을 하는데, 잘 고르면 진짜 필요한 것을 저가에 구입할 수 있다. 겨울비도 그친 눈부신 오월의 어느 날로 기억되는데, 그날은 캘빈클라인 청바지와 각종 도서를 기획 전시하고 있었다. 미국에 갈 때 될 수 있으면 무거운 책들은 빼놓고 갔다. 미국에서 새로운 책들을 사서 오든지 아니면 도서관에서 빌려 보고 온다는 게 나의 작전이었다. 그날 나는 작은 문고본으로 『야베스의 기도』와 다른 책 한권을 샀다. 부피가 작다는 이유만으로 말이다.

야베스는 구약성경 역대상 4장 9절에서 10절에 언급되고 있는 인물이다. '야베스'라는 이름은 그의 어머니가 수고로이 아들을 낳았다는 뜻을 가지고 있다. 10절에 보면 "원컨대 주께서 내게 복에 복을 더하사 나의 지경을 넓히시고 주의 손으로 나를 도우사 나로 환난을 벗어나 근심이 없게 하옵소서."라고 야베스의 기도가 소개되고 있고,

말미에 하나님이 그 구하는 것을 허락하셨더라고 기록하고 있다.

이 책의 저자는 브루스 윌킨스이다. 저자는 책을 소개하면서 각 장별로 읽으면 일주일이면 한 번을 읽을 수 있고, 반복해서 읽을 것을 추천하였던 것 같다. 나는 꼭 한 장씩을 읽지는 않았지만 읽으려고 노력했던 것 같다. 미국에서 5번 정도를 읽고 한국에 와서 그동안 연구실을 비웠던 1년을 따라잡느라 눈코 뜰 새 없이 바쁘게 지냈다. 그리고 2년 후, 책장을 정리하다 굴러다니던 『야베스의 기도』를 우연히 다시 잡고 읽게 되었다.

대학원에 진학한 이후로 아침에 일어나면 먼저 예배드리는 것을 원칙으로 삼고 부지런히 실천해 왔다. 세상의 학문을 대하기 전에 하나님을 먼저 만나는 시간만큼 중요한 게 없다는 생각에서였다. "모든 지혜는 하나님을 경외하는 데 있다."는 잠언의 말씀에 따라 나의 생활방식을 예배드리는 습관을 만드는 데 초점을 맞추어 왔다. 물론 하루도 빠짐없이 할 수는 없었지만 될 수 있으면 지키려고 노력해 왔다.

예배는 먼저 사도신경을 외우고, 찬양과 경배, 전도와 선교, 인도와 보호의 내용에 있는 찬송을 한 장씩 부르고, 다음 성경 읽기 세 장, 기도와 주기도문으로 끝을 맺었다. 성경은 구약의 시편, 잠언, 전도서, 욥기를 주로 읽었고, 구약성서가 읽기 힘들 때면 신약성서를 중간중간 읽기도 하였다. 기도는 거의 같은 내용을 반복하기 때문에 어떤 때는 기도문을 써서 읽기도 하였다. 예배가 끝난 뒤 나는 『야베스의 기도』 책자를 읽기 시작했다.

그러니까 2003년 이후부터의 일이다. 책의 부피가 작아서 무엇보다 부담 없이 읽을 수 있었다. 책을 읽다 보니 미국에선 느낄 수 없었던 책 속에 있는 내용들이 새롭게 다가왔다. 책을 읽으면서 나는 묵독으로 읽지 않고 음독으로 읽기 시작했다. 영어 발음 훈련을 겸해서 읽어 가는데, 내용도 쏙쏙 들어올 뿐만 아니라 파닉스 훈련이 되는 것 같아 일거양득의 효과를 누리고 있었다. 나는 대학교 다닐 때까지 같은 책을 두 번 이상 읽은 적이 잘 없었다. 성경을 빼고선 말이다.

대학원 진학 후 좋은 책을 여러 번 읽어서 내 것으로 만드는 훈련을 했는데 정말 큰 효과가 있었다. 가장 많이 읽은 책은 존 토드가 짓고 장영하가 옮긴 『젊은이여 인생의 지혜를 이렇게 키워라』였다. 책 속 표지에 붙인 포스트잇에 기록된 것을 보니 20번을 읽은 것으로 되어 있었다.

『야베스의 기도』는 그 후 쭈욱 읽으면서 기록하였는데, 40번을 넘게 읽게 되었다. 가장 많이 읽은 책이 이제는 바뀌게 된 것이다. 나는 이 책을 읽으면서 어렴풋하던 기도에 대한 생각을 확실히 할 수 있었고, 하나님께서 나의 지경을 넓혀 주시는 체험을 많이 하게 되었다.

물론 영어 실력도 많이 늘었음을 고백한다. 국제학회에 가서 논문, Country report를 영어로 발표하였고, 큰 세션(cession)에서 좌장을 맡기도 하였다. 그뿐만 아니라 영어로 수업을 할 수 있는 역량을 갖추게 되었다.

구약성경 속의 지극히 작은 한 사람 야베스를 통하여 나는 기도의 능력을 배울 수 있었다. 내가 구하는 기도를 하나님이 어떨 때 응답하실까? 진심으로 반복적으로 온 힘을 쏟아서 기도한다면 나의 기도를 하나님은 분명히 들으시고 응답해 주시리라 믿어 의심치 않는다.
내가 죽어서 천국에 가면 내가 기도하지 않아서 받지 못한 하나님의
선물이 너무 많다고 한다. 그때 나의 심정이 어떨까를 생각해 보니
역시 기도가 정답이다.

To Work is To Pray!

시내산 일출

위대한 리더십은 위대한 열정과 정체성을 가진 이야기다.
처칠과 드골, 링컨, 레이건의 리더십이 그러했다.

– 하워드 가드너 –

시내산의 일출을 보기 위해 밤 1시에 숙소를 나섰다. 밤은 칠흑같이 어둡고 4월인데도 밤공기는 차기만 하다. 모두들 혹시나 춥지나 않을까 하는 마음에 파카를 입고 목도리를 하고 높이 2,285m의 시내산을 오른다. 올라가는 길이 만만치가 않다.

우리는 사람들이 가장 많이 다니는 길로 정상까지 올라가기로 했다. 한 시간쯤 걷자 나이 드신 권사님들이 서서히 처지기 시작한다. 낙타를 타고 정상으로 올라가라고 관광객을 호객하는 사람들이 우리를 부추긴다. 가이드는 낙타를 타는 것이 굉장히 위험하고 사고도 빈

번하기 때문에 낙타를 타는 것을 극구 말린다. 난 꼭 낙타를 타고 올라가고 싶었는데, 가이드와 아내의 말을 들어야만 될 것 같아 애써 포기한다. 많은 사람들이 앞서거니 뒤서거니 일출을 보기 위해 시내산을 오르고 있다. 낙타를 타고 달리는 젊은 친구들이 부럽게만 느껴진다.

시내산 정상으로 올라가는 길은 너들 길이었다. 간간이 큰 돌도 있었지만 먼지가 많고 잘못 발을 디디면 미끄러지기도 해서 주의가 필요한 길이었다. 삼삼오오 짝을 지어 올라간다. 서로를 격려하며 끝까지 올라가자고 다짐을 한다. 1,500m 이상을 오르니 바람이 불기 시작한다. 걷는데도 덥지 않고 약간은 추위를 느낀다.

모세가 이스라엘 백성을 이끌고 여기까지 왔을 때의 기분은 어떠했을까? 갖은 고난과 힘든 시기를 광야에서 보내고 하나님과 대면하러 산을 오르는 모세의 마음은 얼마나 기뻤을까. 하지만 자기를 기다리는 백성들이 금송아지를 만들어서 목이 곧은 백성이라고 했을 때는 얼마나 심정이 상했으면 하나님께서 직접 써 주신 십계명(돌판)을 그들을 향해 던졌을까. 그런 생각을 하면서 산을 오르니 마음이 착잡해진다.

우리 인간은 너무나 나약한 존재이다. 우리의 믿음은 연약하기 이를 데 없다. 하나님께서 불기둥 구름기둥으로 인도해 주셨건만 그 은혜를 저버리고 우상을 만든 저 이스라엘 백성처럼 시시때때로 마음속에 우상을 만들고 있지는 않은지 반성해 본다. 오늘 아침 일출을 보는 것도 의미 있지만 장장 5시간 이상을 걸으면서 나의 신앙생활을 점검해 보는 이 시간이 너무나 소중하고 값지게 느껴진다.

드디어 정상 밑에 있는 원주민의 천막가게에 도착하였다. 우리는 일출을 보기 전 그곳에서 촛불을 켜고 촛불예배를 보았다. 한국에서 가이드로 오신 목사님이 성경을 읽고 말씀을 전하셨다. 촛불을 의지해 보는 새벽 예배는 너무나 경건하다. 하나님을 만나러 산을 오른 모세와는 달리 우린 일출을 통해 하나님의 임재하심을 느끼려고 밤새도록 걸어서 정상 밑까지 온 것이다. 좁은 정상에서는 많은 사람이 한꺼번에 몰리기 때문에 예배를 드리기가 마땅치 않아서 미리 예배를 본 것이다.

해가 떠오르려면 아직 한참을 기다려야 한다. 마지막 800개의 계단만 남겨 놓고 있다. 일출을 보고 내려가는 길도 만만치는 않을 것이다. 우리는 짬을 이용하여 라면을 먹기로 했다. 뜨거운 물을 사서 컵라면에 부었다. 라면 익는 냄새가 코끝을 자극한다. 바람이 쌩하고 부니 천막으로 된 가게가 들썩이고 돌들이 구르는 소리가 요란하다. 시장기가 라면을 최상의 요리로 탈바꿈시키고 있다. 우리의 미각에 새겨진 원초적 식욕은 시내산에서도 그 효력을 유감없이 발휘하고 있다.

채비를 하고 마지막 계단을 오른다. 정말 바람이 세다. 몸무게가 가벼운 사람은 날아갈 것 같다. 서로를 붙잡고 부축하면서 계단을 오른다. 저 멀리 동쪽이 훤하게 밝아 오는 느낌이다. 산 정상은 이미 많은 사람들로 붐비고 있었다. 다들 추운지 발을 동동거리는 모습이다. 가톨릭교회와 무슬림교회가 나란히 마주하고 있다. 드디어 동쪽

한쪽이 붉게 물들면서 찬란한 태양이 얼굴을 내밀고 솟아나기 시작한다. 햇빛이 저 멀리서 서서히 다가오는 것이 보인다. 그리고 마침내 우리를 포근히 감싼다. 다들 감격에 찬 모습이다. 두 손을 모으고 기도하는 사람들이 보인다. 잠시도 눈을 떼지 못하고 있는 사람들, 한순간의 추억을 열심히 뇌리에 새기고 있다.

사진을 찍는다. 부부끼리, 같은 팀끼리 모두들 열심히 사진을 찍고 있다. 어느새 태양이 많이 솟아나 주위의 산들을 붉게 물들이고 있다. 햇빛 받는 곳과 받지 않는 곳이 확연히 다르게 보인다. 또한 시시때때로 햇빛의 각도에 따라 광야의 바위산이 대 파노라마를 연출하고 있다.

하나둘 사람들이 하산을 시작하고 있다. 지구촌 각각에서 온 사람들이 찬송을 흥얼거리고 반갑게 인사하며 내려가는 길이다. 내려가는 길이 더 위험하다. 모두들 다리가 풀린 듯 조심조심 내려가고 있다. 급경사를 지나 한참을 내려오다 뒤를 바라다보니 멀리 산 정상의 교회가 조그맣게 보인다. 조금 전에 저곳에 내가 있었는데, 내 작은 다리는 아장아장 걸었지만 먼 곳까지 내려왔네. 위대한 나의 다리에게 감사를 표한다.

열한시 방향으로 하얀 건물 하나가 보인다. 가이드의 말에 의하면 저곳이 금송아지를 만들었던 곳이란다. 왜 이스라엘 백성들은 조금 더 모세를 기다리지 못했을까? 아론은 왜 그들을 위해 금송아지를 만들어 줬을까? 지도자의 역할이 더욱 실감되는 오늘 아침이다. 결국 모세도 그렇게 그리던 요단강 저편 가나안을 바라보기만 하고 느보

산에서 하나님의 부르심을 받았다. 인생의 여정이 광야 길임에 틀림없다.

시내산의 일출을 보고 내려오는 길은 이스라엘 백성처럼 나도 얼마나 신앙에 있어 나약한 존재인지를 돌아보는 여정이었다. 광야를 통해 하나님만을 보도록 그렇게 훈련을 받았건만 한순간에 하나님을 배반하고 우상을 만든 저 사람들처럼 되지는 말아야지. 결국 그들은 축복의 땅 가나안에도 들어가지 못했네. 내 인생의 나그네 길이 하나님의 사랑으로 영원한 나라에 도착하기를…….

오늘 아침 이 메마른 광야에서 가만히 두 손 모으게 한다.

사랑의 교제

그런즉 믿음, 소망, 사랑, 이 세 가지는 항상 있을 것인데
그중의 제일은 사랑이라.

- 고린도전서 13:13 -

교회는 사랑의 공동체다. 지나가는 나그네를 환영하고 대접하는 곳이다. 나는 2001년도에 미국 오리건 주의 아름다운 유진시에 있는 오리건대학교(University of Oregon)서 1년 동안 교환교수 생활을 하였다. 낯선 곳에 가서 잠깐 살고 다시 돌아온다는 것은 생각만큼 쉬운 일이 아니다. 그래서 나는 거의 모든 사람이 하는 것처럼 그 지역에 있는 유진한인장로교회 홈페이지를 찾아 목사님께 나의 사정을 고하고 도움을 요청하게 되었다.

목사님께서는 자기도 부임한 지 오래되지 않아 적절한 도움을 줄

수 없다면서 믿음 생활을 시작한 지 그리 오래되지 않는 신실한 Y형제를 소개해 주었다. Y형제는 학위를 취득하고 포스닥 과정을 오리건대학교에서 하며 연구원으로 일하고 있는 형제였다. 부인 집사님은 음대를 나와 피아노 레슨을 하면서 교회 반주를 하고 있는 신앙이 돈독한 자매였다.

Y형제 내외는 우리가 1년 동안 살 수 있는 집을 알아봐 주었고, 우리가 차를 살 때까지 필요한 물건을 살 수 있도록 도와주었다. 그리고 차를 살 때도 꼼꼼하게 챙겨서 봐 주었고, 우리 딸이 학교를 선택하는 데도 많은 도움을 주었다. 물론 우리 딸과 같은 나이인 큰딸과 작은딸을 둔 화목한 가정이었다.

그뿐만 아니라 우리가 살아가는 데 필요한 많은 정보를 제공해 주어서 우리가 미국 생활에 굉장히 빨리 적응할 수 있도록 도와주었다. 지금 되돌아보니 정말 많은 도움을 받은 것 같다. 물론 은혜를 갚는다고 최선을 다했지만 처음 보는 우리에게 길라잡이를 해 준 것은 주님의 사랑이 넘치는 분들이었기에 가능했던 것 같다.

유진한인장로교회는 주일예배 시 약 100명에서 120명 정도가 모이는 교회였다. 방학을 맞아 학생들이 썰물 빠지듯이 빠져나가면 교회는 약간은 생기를 잃는 듯했지만, 목사님의 열정으로 그 빈자리를 채우고도 남았다. 그리고 현대 하이닉스에 다니는 교포교우들과 한국에서 교환근무로 오시는 분들이 있어서 교회는 언제나 활기가 넘치는 듯했다.

우리 부부는 한국에서 못한 교회 봉사를 하리라 작정을 하고 목사님께 주일학교 교사를 하겠다고 자원하였다. 그런데 목사님께서 교사들은 많으니 성가대원으로 섬겨 달라는 부탁을 하셨다. 우리 부부는 바로 성가대원으로 섬기기 시작했다. 그런데 성가대원이 많다가 적다가 들쭉날쭉 한 상황이었다. 매주 예배 전후에 하는 성가대의 연습이 힘들고 만만치는 않는 형편이었다. 왜냐하면 대원이 적기 때문에 성가대에 앉는다는 것 자체가 항상 불안하였다. 그리고 까칠한 지휘자 집사님과 조금이라도 마음에 맞지 않으면 성가대를 그만둬 버리는 대원들 때문에 성가대는 항상 답보상태를 면하지 못하고 있었다.

어떻게 하면 성가대를 활성화할 수 있을까를 곰곰이 생각했다. 그러다가 성가대를 재미있게 이끌어 가는 것이 무엇보다 중요하다는 것을 깨닫고, 나름 재미있는 한국의 최근 유머를 가지고 사람들을 웃기기 시작하였다. 그랬더니 사람들이 하나둘 모여들기 시작했고 성가대원들의 결속이 강해지기 시작하였다. 여름 대학생들이 빠져나간 성가대는 혼자서 왕 베이스를 두 번이나 하게 만들었다. 그러나 지금 추억해 보니 내 인생에는 절대로 다시 일어나지 않을 해프닝이라는 생각에, 웃음이 입가를 살며시 스친다.

대부분의 미국 교회는 새벽기도회가 없다. 그러나 유진한인장로교회는 토요일마다 새벽 기도회를 하였다. 토요일은 모두들 쉬기 때문에 느긋한 마음으로 기도회를 마치고 커피 한 잔을 마시면서 재미있는 대화를 나누었다. 자주 다양하고 맛있는 간식을 준비해 주신 P권사님이 생각난다. 그리고 팬케이크를 직접 구워 주시던 멋쟁이 K장로님도 잊지 못할 분이다. 때론 여러 집사님들께서 돌아가면서 우리들을 집으로 초대해 맛있는 음식으로 대접해 주던 순간도 잊지 못할 사랑의 추억이다.

우리 부부는 한글학교 교사가 되어 교포 2세들과 미국아이들에게 한글을 가르쳤다. 한동안 계속되던 한글학교는 교사들이 없어 중단된 상태였는데, 교환교수 세 가정과 대학원생들이 합세하자 목사님은 한글학교를 다시 시작하셨다. 한글 능력은 우리 교포에게도 강력한 경쟁력의 하나가 되고 있어서 중요성이 커지고 있었다. 한글학교는 미국인 자녀반, 그리고 교포들의 자녀반 등으로 나눠 수준에 맞게 일주일에 하루씩 수업을 하였다.

수업을 할 때 간식과 함께 먹을거리를 준비해 주시던 집사님들의 손길들이 생각난다. 그뿐만 아니라 수업 기자재를 꼼꼼히 챙겨 주시던 유진의 신사 N집사님도 기억에 남는다. 학기말에 배운 것들을 발표할 때면 많은 성도들이 참여하여 힘찬 격려와 사랑의 박수를 보내주었다.

어느덧 일 년이란 세월이 흘러가고 귀국할 날짜가 잡혔다. 처음에는 마음의 문을 열지 않던 그곳 집사님들이 서서히 마음의 문을 활짝 열어 우리와 친해졌다. 여느 해와 같이 교환교수들이 와서 처음에 도움을 받다가 어느 정도 정착되면 다 골프장으로 갈 줄 알았는데, 이번에 오신 교수님들은 전혀 다르다고 하였다. 하루가 멀다 하고 많은 집사님들이 석별의 정을 나누기 위해 우리를 초대하였다. 밤이 맞도록 음식을 나누면서 이야기꽃을 피우던 날들이 주마등처럼 스쳐 간다. 항상 게스트 룸을 비워 놓을 테니 와서 여유 있게 놀고 쉬다가라고 사랑의 말을 잊지 않던 집사님들도 생각난다.

　하나님은 언제나 자기 백성들을 사랑하시어 곳곳에 천사를 배치하여 놓고 계신다. 우리는 기도하며 미국으로 갔고, 거기서 분에 넘치는 사랑을 주고받고 왔다. 지금도 끈끈하게 이어지는 성도의 교제를 통하여 사랑을 받고 있다. 유진한인장로교회도 십 년이 넘는 세월 앞에 많은 변화를 했겠지만 사랑만은 더 뜨거워졌으리라 생각해 본다.

3

감사
일기

감사하는 마음에는 언제나 축제가 열린다.

– 캐머론 –

알라븅

인생에서 최고의 행복은 우리가 사랑받고 있다는 확신이다.

- 빅토르 위고 -

"여기는 이제 내 생일 됐당~ 히히! 엄마 아빠, 고마워용! 많이많이 사랑해 줘서……. 하나님도 내가 태어남으로 기뻐하셨을 거양~ 히히! 알라븅♡♡♡"

지난 11월 5일은 딸의 22번째 생일이었다. 멀리 떨어져 있어서 미역국도 못 끓여 주고, 애틋한 마음을 담아 카톡으로 생일 축하한다는 문자 전송에 대한 딸의 카톡 답신이다. 그래도 부모에게 감사를 전하는 마음이 고맙고 살가움을 넘어 코끝이 찡하다. 우리 집 내무부장관은 추억을 만들어 준다고 애기 때 찍은 사진 몇 장을 첨부하고 다음과 같이 메시지를 날렸다.

"오늘 태어난 날 추카. 예정일보다 일주일 앞당겨 태어났당. 엄마 아빠 빨리 보고 싶어서 그랬지. 오전 8시 26분, 몸무게 3.3kg, 키 52㎝, 혈액형 A형. 파티마병원 산부인과 K과장의 집도로 세상에 나왔어. 머리카락이 길었지. J집사님 집 2층에서 너의 생활이 시작되었어."

딸은 지금 대학을 졸업하고 대학원에 다니고 있다. 이 글은 학부 3학년 1학기를 마치고 교환학생으로 미국 캘리포니아 주 새크라멘토 근처에 있는 UC Davis에 공부하러 갔을 때의 일이다. 세상이 정말 편리해져서 수시로 카톡을 하며 소식을 전하니, 한국에서 조금 떨어져 사는 느낌이었다.

딸은 2012년 7월 26일 런던 올림픽 개막일에 출국하였다. 나는 교육대학원 수업 일정 때문에 일찍 작별 인사를 하고 전주로 왔고, 엄마도 재직하였던 학교에 출강이 있어서 대구의 공항리무진 버스정류장에서 이별을 고했다. 두 명의 학교 친구와 함께 인천공항에서 싱가포르 에어라인을 타고 딸은 미국으로 씩씩하게 날아갔다. 자기 앞에 어떤 세상이 펼쳐질지도 모른 채.

아들도 아니고 딸을 낯선 먼 이국땅에 보내는데 걱정이 안 되는 부모가 세상에 어디 있을까? 인천공항에서 눈물 한 바가지 흘려 가면서 작별을 해야 실감이 날 텐데. 우린 서로 쿨하게 격려하면서 멋진 경험을 하고, 많은 친구도 사귀면서 즐기고 오라고 했다. 잠깐의 이별이 줄 슬픔의 눈물은 가슴속에 살짝 포장해 놓고서 말이다.

우리 부부의 첫 아기는 유산이 되었다. 그 후 내가 대학원 공부를 시작하면서 자녀 출산이 많이 늦어졌다. 직장을 그만두고 남보다 늦게 공부로 인생의 터닝 포인트를 만들려고 했으니, 오직 공부에만 전념할 때였다. 나의 어머님은 아기 낳는 것은 다 때가 있으니, 무조건 아기를 낳기만 하면 키워 주시겠다고 우리 부부를 채근하였다. 주위 사람들은 늦게까지 아기가 없자 우리가 불임 부부인줄 알고 눈치를 봐 가며 아기 얘기를 하곤 했다.

유산 경험이 있어서 우리 부부는 아기가 임신되자 꽤 조심을 하였다. 그러나 임신한 몸으로 학생들을 가르치는 일은 쉽지 않았다. 그때 나의 아내는 중학교 영어교사로 재직하고 있었기 때문에 힘든 수업과 싸우고 있었다. 그리고 3개월쯤부터 계속 하혈이 보이기 시작했다. 할 수 없이 나의 아내는 휴직을 하고 아기를 낳을 때까지 침대에서 누워 지내는 긴 생활을 시작했다. 많은 음식들이 입에 맞지 않아 주로 어머님이 담가 주시는 물김치만을 먹으며 버텨 냈다.

혹시 아기가 태어나도 물렁하게 나오지는 않을까? 그 당시 습득한 나의 특수교육 지식으로는 늦은 출산이라, 또 잘 먹지 못해서 장애아기가 태어나지는 않을까 염려도 되었다. 하지만 우리 부부는 열심히 기도하며 건강한 아기 낳기를 소원하였다. 특히 나의 아내는 좋은 음악을 듣고 성경을 읽으며 태교에 열심이었다.

하나님의 은혜로 딸은 건강하게 태어났다. 또한 큰 병치레 없이 무럭무럭 잘 자라 주었다. 늦게 낳은 아기라 교회의 모든 사람이 기뻐해 주었고 지인들의 축복도 남달랐다. 아기 때는 침 한 방울 흘리지 않아 턱받이를 선물 받아도 소용이 없었다. 우리 부부의 바람처럼 딸은 귀엽고 영리하게 자라 주어 우리 집에는 매일 웃음꽃이 한 아름씩 피어났다. 특히 피아노와 학교 교과의 성취가 뛰어났다.

딸을 서울에 있는 특수목적고등학교에 보내야 하는지 진로 때문에 많은 걱정을 하였다. 하지만 고등학교 때까지는 엄마와 가족의 정을 느끼며 사는 게 가장 좋다는 판단으로 대구 시내의 J여자고등학교를 선택하게 되었고, 학교생활도 곧잘 해나갔다. 이과를 선택하였으나 수능고사 당일 수학과목에 평소보다 많은 실수를 하게 되어 대학의 이과와 문과를 동시 지원하게 되었고, 지금은 영어학을 전공하고 있다.

딸은 아직도 꼭 하고 싶은 게 정해지지 않는 듯하다. 사범대학을 권유했지만 절대 교사는 하지 않겠다고 했다. 그러다가 대학 가서 생각이 좀 바뀌었는지 교직 이수를 하고 영어과 2급 정교사 자격증을 취득하였다. 진짜 좋아하고 잘하는 것을 찾아 직업을 선택했으면 하는 바람을 우리 부부는 가지고 있다. 어학 쪽의 능력이 뛰어난 걸로 봐서 그쪽 분야의 일을 했으면 좋겠다. 아님 어학을 도구로 새로운 내용의 학문에 도전해 보는 것도 좋겠다는 생각을 해 본다. 하지만 자식농사는 뜻대로 되지 않음을 우리 부부는 잘 알고 있다. 딸이 주도적인 자기 삶을 살아가도록 듬뿍 칭찬을 해 주는 수밖엔 도리가 없겠지.

사랑하는 딸, 앞으로의 세계는 보다 크고 변화가 심할 터이니 큰 꿈을 가지고 도전하기를 빈다. 나 자신만을 위한 꿈이 아니라 인류와 세계를 위한 아름다운 꿈을 꾸면서 말이다. 인생은 생각하는 대로, 꿈꾸는 대로 이루어질 마법과도 같은 세상이니까 멋진 인생을 설계하길 빈다. 열정이 넘치는 젊은 날, 너의 생일에 엄마 아빠도

'알라뷰'을 전한다.

　또한 너의 멋진 장래를 위해 엄마 아빠도 기도를 겸허하게 할게. 맘껏 네 날개를 펴서 창공을 힘차게 비상하길 바란다. 행복한 날에 엄마 아빠가 진한 사랑의 마음을 담아 멀리 태평양 건너에 있는 사랑하는 울 딸에게 멋진 메시지를 날려 보낸다.

건강은 아름다운 축복

세상에 어떤 것도 순식간에 이루어질 수 없다.

- 앤드루 스미스, 문더스트 -

사람에게는 누구나 아련한 추억이 있는 법이다. 어릴 때 나는 몸이 몹시 약해서 부모님의 애를 태우곤 했다. 나에게 우두주사를 맞히고 나서 어머님께서 염소고기를 조금 먹은 후, 어머니 젖을 먹은 나는 몸에 두드러기 같은 것이 났고 몸이 너무 가려워서 울곤 했단다. 특히 겨울철에 심했는데 차가운 데서 놀다 따뜻한 방 안으로 들어오면 밤새도록 힘들어하면서 몸을 긁어 달라고 했단다. 심할 때는 너무 많이 긁어서 사타구니에 핏물이 들곤 했다.

초등학교 1학년 때였다. 그땐 모두들 절대빈곤을 벗어나지 못해 산다는 것이 정말 힘든 때였다. 동네 화수회에서 부산의 동래온천으로 온천을 가게 되었다. 물론 하루에 두 번씩 들어 올리는 부산의 명물 영도다리도 구경하면서 말이다. 그런데 나는 동래에 있는 범어사와 영도다리만 기억에 생생하고 나머지는 거의 아무것도 생각나지 않는다. 물 좋다는 동래온천에 가서 내 몸을 씻으면, 나의 병이 낫지 않을까 하는 생각에서 부모님은 나를 종조모님을 따라 여행길에 나서게 했다.

범어사 입구에서 버스를 내려 산속을 한참 걸어서야 범어사에 도착했던 기억이 난다. 범어사에서 하룻밤을 잔 후에 나는 범어사의 동자승과 함께 범어사 경내를 이곳저곳 돌아다니던 생각이 난다. 계곡에 있는 작은 웅덩이에는 금붕어들이 화려한 몸짓으로 헤엄치며 놀고 있었다. 처음 보는 화려한 색깔의 물고기가 촌놈의 눈에는 마냥 신기하게만 보였다. 그 동자승은 지금 어떻게 변했을까 정말 궁금하다. 나를 기억하고 있을까? 찾아보면 찾을 수 있을까? 성도 이름도 모르고 그 당시만 추적해서 찾아본다면 말이다.

긴 세월이 흐른 후 범어사를 다시 방문하였다. 그런데 꿈속에 기억하고 있는 아련한 추억의 범어사는 찾아볼 수 없었다. 세월만큼이나 변해 버린 범어사 앞에 멍하니 서서 기억을 더듬던 내 모습이 왜 그리 서글프게 느껴지던지. 물론 계곡 속의 웅덩이도 없었고, 더욱이 금붕어는 작은 눈을 크게 뜨고 애써 찾아봐도 찾을 수 없었다.

동래온천에 갔다 온 이후에도 나의 피부 소양증은 낫지 않았다. 특히 겨울철만 되면 힘든 나날을 보내게 되었다. 어머님은 좋다는 민간약은 다해 주셨지만 병은 낫지 않았고, 나는 정말 뼈만 앙상한 아이로 커 가고 있었다. 특히 사타구니 사이가 가장 심각해 진물이 날 정도였다. 어머님은 겨울철만 되면 자신의 잘못을 후회하시는 듯 애간장을 태우셨다.

그런 이유로 나는 고기를 잘 먹지 않았고, 그 이후로도 쭉 먹지 않았다. 왜냐하면 고기를 먹으면 상황이 더 심해졌기 때문에 될 수 있으면 채식 위주로 식사를 할 수밖에 없었다. 초등학교 6학년 때인지 중학교 1학년 때인지 정확한 기억은 없지만, 외할머님께서 유황을 녹여서 발라 주셨다. 그 약이 효험이 있었던지 나는 그 진절머리 나는 근지러움의 고통에서 탈출할 수 있었다.

그 이후 나는 서서히 몸을 회복해 갔으며 운동을 좋아해서 건강한 몸을 만들게 되었다. 어릴 때 식구 중에는 아무도 먹지 않았던 목장 우유를 먹었던 기억이 난다. 초등학교 때는 육상을 잘했고, 중학교 때는 축구를 많이 했다. 축구를 하다 발을 다친 이후 고등학교 때는 농구를 많이 하게 되었다.

운동 때문인지 몰라도 내 키는 쑥쑥 하루가 다르게 커 갔다. 지극히 내성적이던 내 성격도 조금씩 바뀌게 되었다. 중학교 3학년 때는 동료들 앞에서 이야기도 잘하고 여러 종류의 모임에서 게임 사회를 보며 좌중을 웃길 수 있는 정도가 되었다.

지금 돌아보니 내 지난날의 추억이 아프기도 하지만, 오늘의 건강한 나를 만들어 준 것에 대해 감사하게 생각한다. 대학에 진학해서는 어렵던 예비역장교 후보생(ROTC)의 훈련을 무사히 마치고 소위로 임관을 하였다. 임관 후 향로봉과 금강산 사이의 그 유명했던 854고지 근처에서 철책 소대장의 소임을 무사히 끝낼 수 있었다. 이 모든 것은 나의 건강이 뒷받침되었기 때문에 가능하였다.

제대하기 전부터는 소고기, 닭고기, 돼지고기를 먹어도 별 탈이 없게 되었다. 채식주의에서 잡식주의로 넘어갔다고나 할까. 최근에 와서는 나름 열심히 운동한다. 방치하면 순식간에 늘어나는 뱃살을 줄이려고, 나아가 젊은 놈들처럼 가슴팍에 작은 초콜릿이라도 하나 붙여 보려고 말이다. 행복의 많은 요소 중에 첫째가 건강이라고 한다. 건강해야 나도 남도 사랑할 수 있다.

아련한 추억이지만 나의 건강 회복은 하나님의 큰 축복이다. 건강한 마음, 건강한 육체는 늘 아름답다. 100세 혁명을 부르짖는 요즘 건강하게 살아야 진정 사는 것임을 깊이 자각한다. 살아 있음과 건강한 몸과 마음에 매일 감사를 해야겠다. 건강한 아름다움을 이웃에 전하는 멋진 사람이 되어야겠다.

초청사인회

흔들리지 않고 피는 꽃이 어디 있으랴 /
이 세상 그 어떤 아름다운 꽃들도 / 다 흔들리며 피었나니 /
흔들리면서 줄기를 곧게 세웠나니 /
흔들리지 않고 가는 사랑이 어디 있으랴.
- 도종환, 흔들리며 피는 꽃 -

　　한국 사람은 누구나 다 시인이다. 한국 사람으로 태어나 누구든 한 번쯤은 나름대로 시를 써 보지 않은 사람은 없을 것이다. 그런데 시를 써서 등단하는 사람은 많지 않다. 등단을 하지만 시집을 한 권 내기는 정말 어렵다. 하물며 계속해서 시를 발표하며 시집을 내기 위해서는 여간한 노력과 인내가 요구되는 일임에 틀림이 없다.
　　나는 1997년 우연히 문예지의 신인상을 통해 등단을 하였다. 그전에 써 놓은 습작 시들을 모아 제1시집『작은 사랑의 생각을 담기만 한다면』을 1999년에 출간하였다. 그리고 대학원 공부를 하면서 틈틈이 쓴 시들과 여행 시 몇 편을 엮어『혼자서 할 수 없는 사랑』이라는 제2집을 출간하였다. 시 읽는 것을 좋아하고 나름대로 시를 쓰는 습관을 들이다 보니 할 수 있는 일이었지만 쉬운 일은 아니었다.

대학원을 가기 위해 결정할 때 뭔가 실용적인 학문을 해 보고 싶었다. 그런데 교수가 되고 보니 문학에의 향수와 꿈이 다시 살아나 꿈틀대기 시작했다. 시인이 되고픈 소원을 품고 있었는데 그 꿈을 이루게 된 것이다. 바쁜 일정 중에서도 나는 꾸준히 시를 써 왔고, 약 2년 터울로 시집 한 권씩을 상재하게 되었다. 미국·캐나다·호주·네팔을 여행하고 쓴 제3시집『낯선 세상에 홀로 서 보면』, 일상의 일들을 형상화한 제4시집『북어국』, 싱가포르·중국·유럽을 여행하고 쓴 제5시집『아름다운 프로젝트』를 출간하기에 이르렀다.

한국의 대중시인, 아니 인기 있는 시인들은 너무나 많다. 나는 몇 년 전에 작고한 조병화 시인의 시세계와 시를 좋아하여 그분의 시집을 많이 사서 읽어 왔다. 물론 시는 나름대로의 멋과 메시지를 갖고 있고 짧은 시간에 잠깐잠깐 읽을 수 있어서 무엇보다 좋다는 생각을 한다. 한 편의 시에는 우주와 사랑과 인생이 담겨 있기 때문에 모든 사람이 동경하고 시를 사랑하는 것이리라.

올해 초 오랜만에 류시화 시인이 제3집『나의 상처는 돌 너의 상처는 꽃』을 출간하였다. 긴 머리에 까만 안경, 어딘지 우수에 젖은 모습을 한 시인을 보는 것만으로도 그 시인의 세계에 빠져드는 독특한 경험을 하게 된다. 딸과의 약속으로 우연히 대구교보문고에 들렀다가 류시화 시인 초청사인회에 참석하였다. 줄을 서서 사인을 받으면서 잠깐 이야기를 나누고 시인과 같이 사진을 찍었다. 사인을 한 시집을 받기도 하고 내가 사인을 한 시집을 주기도 하였지만, 이날의 경험은 나에게 색다르게 다가왔다.

나는 2013년 5월에 제6시집 『행복한 바보』를 출간하였다. 류시화 시인 사인회 날, 대구교보의 J점장을 우연히 그곳에서 만났다. J점장은 지역 문인들을 위한 공간을 마련하고 싶다고 하였다. 한 달 후 J점장이 나에게 전화를 걸어왔고, 나의 시집으로 초청사인회를 하자고 제안해 왔다.

얼떨결에 승낙을 하고 나니 앞일이 깜깜하여 나는 1주 만에 포기할 생각을 하였다. 우리 집 내무부장관은 무슨 소리냐며 이런 기회도 흔하지 않으니 밀고 나가야 된다고 강력하게 주장했다. 지금까지 시집을 상재했지만 한 번도 출판기념회를 하지 않았으니, 하나님께서 이런 좋은 기회를 만들어 주시나 보다.

사인회를 하는데 사람이 오지 않으면 제일 낭패다. 나는 유명인사도 아니고 내가 재직하고 있는 학교도 전주에 있는데 이 프로젝트를 어떻게 할지 고민되기 시작했다. 우리 집 내무부장관과 여러 가지 아이디어를 짜내고 계획을 세우기 시작했다. D데이는 9월 1일 토요일, 대구교보생명빌딩 1층 로비에서 하는 걸로 최종 결정되었다. 먼저 초청장을 보낼 사람 명단을 작성하였다. 그리고 카미노 데 산티아고 사진전시회의 사진을 4장 골라 멋진 엽서를 만들어 사인회 오는 사람들에게 선물로 주기로 했다. 그리고 플래카드와 간단한 다과 등을 준비하는 절차를 진행하였다. 대구교보문고의 팀들과는 3차례 회의를 통하여 일정과 세부 사항을 조정하였다.

나는 8월에 미리 정해진 중국 여행 일정 때문에 모든 사인회에 관련된 일들을 우리 집 내무부장관에게 일임하고, 행사 전 2주일을 비우게 되었다. 뒤돌아보니 우리 집 내무부장관한테 너무 미안하다. 한편으로 그 일들을 맡아 처리해 주고 성황리에 마치게 되어 많이 고맙기도 하다. 나는 범어교회의 지인들과 학교의 제자들 중심으로 초청장을 보내고, 우리 집 내무부장관은 넓은 발을 활용하여 범어교회, 김샘학원과 경명여중고, 그리고 동기 및 지인들에게 초청장을 돌렸다.

행사 당일을 위하여 나는 은은한 겨자 색깔의 상의 슈트와 안경 캐릭터의 라운드 티셔츠, 기운 청바지를 입고 까만 선글라스를 꼈다. 나의 희끗한 머리와 멋진 헤어스타일로 연예인처럼 사인회를 시작하였다. 예정된 2시간이 3시간이 거의 다되어 끝이 났다. 멀리 전주와 전국에서 날아온 제자들에게 특별한 고마움을 전한다.

그리고 바쁜 일정에도 불구하고 사인회장까지 와서 격려해 주신 나와 우리 집 내무부장관의 교회집사님들과 지인들에게도 깊이 감사의 마음을 전한다. 또한 그날 우연히 교보문고에 들렀다 내 시집을 사고 사인을 받은 초등학생부터 어른들까지 모두모두 행복한 순간을 만들었기를 진심으로 바란다.

그날 꽃다발, 화환, 화분으로 행사장을 환하게 밝혀 준 모든 사람에게 진심으로 뜨거운 감사를 드린다. 장소가 좁은 관계로 2개 정도의 화환으로 충분하다고 해서 사의를 표했는데도 많은 사람들이 꽃다발과 화분을 가지고 와서 행사장을 더욱 빛나게 해 주었다. 이 모든 것은 내가 진 사랑의 빛이다. 나의 인생에 멋진 이벤트로 다가온 초청사인회, 생각지도 못했던 일들을 나에게 허락하신 하나님께 감사를 드린다.

나의 딸이 있었으면 더 좋았을 것을 하는 아쉬움이 조금 남기는 하지만 카톡으로 사진을 보냈더니 "아빠, 멋져!!"라고 답신을 보내왔다. 하지만 사인회를 끝내고 나니 두 번 다시는 못할 일이라는 생각이 머리를 꽉 메운다.

소풍

천 리 길도 한 걸음부터.

- 중국 속담 -

   손꼽아 소풍을 기다린 때가 있었다. 바로 초등학교 시절이었다. 소풍 날짜가 발표되면 공연히 마음이 설레곤 했다. 되돌아보니 보물찾기며 노래자랑이며 추억에 남는 소풍이 주마등처럼 스쳐 간다. 중학교에 올라가면서 소풍에 대한 기대는 많이 퇴색하였다. 왜 그랬는지 이유는 분명하지 않지만, 소풍이 시시해진 것은 그만큼 세상이 각박해져 갔기 때문이리라.

   요즈음 사람들은 소풍을 잘 가지 않는다. 소풍이란 말이 거의 없어질 지경이다. 모두들 '여행'이라 한다. 그리고 여행 가는 것을 좋아하고 너무나 가고 싶어 한다. 여행이란 정말 다양하다. 가까이 또는 멀리, 걸어서 때론 자동차나 기차를 타고서, 짧은 혹은 긴 일정을 가지고, 국내 또는 해외에서 사람들은 정말 다양한 여행을 하고 있다. 나도 여행을 좋아하는 사람이지만, 최근에 내가 하고 있는 행태에 대해 나는 굳이 소풍이라 말하고 싶다.

나는 최근에 소풍을 즐기고 있다. 나에게 소풍이란 다름 아닌 출근길과 퇴근길이다. 나는 대구와 전주를 오가는 주말부부 생활을 꽤 오래 해왔다. 남들은 매일 출근하는 일을, 나는 일주일에 한 번 출퇴근을 좀 길게 하는 편이다.

지금까지는 자동차로 다니던 길을, 올해 초부터 대중교통을 이용하기로 했다. 내가 대중교통을 이용하는 데는 몇 가지 이유가 있다. 첫 번째 이유는 장거리운전에서 해방되기 위해서였다. 3시간 이상씩 운전을 하고 나면 어깨도 아프고 눈도 침침하고 저녁에 피곤이 몰려오는 것을 많이 느꼈는데 거기서 탈출하고 싶어서이다.

두 번째 이유는 혼자서 차를 몰고 다니며 기름을 낭비할 이유가 없다는 것이다. 경제적 이유도 있지만, 최근 환경에 관심을 갖게 된 나는 나부터 솔선수범해 지구의 환경에 좋은 쪽으로 행동하기로 했다. 지구가 스스로 체온을 조절하지 못하는 극한 상황이 다가옴을 피부로 느끼게 된 것이다. 그리고 마지막 이유는 여유를 즐기기 위해서이다. 그물에 걸리지 않는 바람처럼 자유롭게 살고 싶은 게 나의 소원인데, 나는 작은 소풍가방 한 개를 메고 언제든 가볍게 떠날 수 있다는 것이다.

인생은 미지의 길 위를 걸어가는 것이다. 나는 많은 거리를 차를 타고 다녔다. 기차, 자가용, 고속버스를 타는 것도 좋지만 시외버스도 타 보니 크게 나쁘지 않다는 걸 느끼고 있는 요즈음이다. 정시 출발과 도착은 기본이다. 크게 붐비지 않아 두 좌석에 혼자 앉아 가는 경우가 많으니 비행기로 치면 비즈니스석이다. 냉난방도 빵빵하니 불편한 게 전혀 없다.

소풍이라면 낭만이 있어야 한다. 나는 나름대로 머리를 굴려서 최대한 여유로 재미있게 소풍을 다니기로 작정했다. 지그시 눈을 감고 졸다가 생각도 좀 하다가 그리고 차창 넘어 멋진 풍경도 감상을 한다. 사시사철 바뀌는 풍경을 보는 것은 소풍 다니는 사람만이 느낄 수 있는 진정한 낭만이다. 자가 운전을 할 땐 눈에 들어오지 않던 자연과 세상이 보이기 시작했다. 신록과 녹음, 단풍과 설경을 거창, 함양, 장수, 진안, 완주를 통과하면서 보는 것은 나만이 향유한 비밀 특권이다.

잔잔한 음악을 들으면서 커피 한 잔의 여유를 즐기는 것도 색다른 맛이다. '달리는 카페'라고 표현하는 것이 적절하다. 창가에 앉아서 커피 한 잔 마시면서도 행복해하는데, 나는 한국의 알프스(유럽에서 오래 살다온 사람이 88고속도로의 주변 경관을 이렇게 표현했다)를 통째로 즐기고 있다. 커피 한 모금을 입안에 굴리며 창밖을 음미하는 기분은 대구-전주 간 시외버스를 타 보지 않은 사람은 절대 상상조차 하지 못할 것이다.

소풍을 간다고 옛날처럼 그렇게 설레지는 않는다. 하지만 어디론가 떠난다는 것은 설렘이다. 사람들은 귀찮아하기도 하겠지만, 나는 계절과 날씨의 변화를 쫓아가는 나의 소풍길이 인생길 같아서 마음에 든다. 비가 오면 오는 대로, 바람 불면 부는 대로 소풍을 떠난다. 하지만 크게 걱정할 일은 아니다. 길 위에 서 보면 비바람은 그렇게 큰일은 아니기 때문이다. 상황은 언제나 변하기 마련이어서 지레 겁먹을 필요는 없다. 머릿속 꽉 찬 걱정은 모두 훌훌 털어버리고 가볍게 소풍을 나서기만 한다면 많은 것을 보고 듣고 즐길 수 있다.

천상병 시인은 「귀천」이란 시에서 인생길을 소풍에 비유한 적이 있다.

(중략)

나 하늘로 돌아가리라
아름다운 이 세상 소풍 끝내는 날
가서, 아름다웠더라고 말하리라

나는 내가 가는 인생길이 아름다운 소풍이 되기를 소망한다. 조금씩 여유를 더해 가며 소풍을 다니고 싶다. 여유가 되면 나의 아내와 같이, 아니면 친한 친구와 같이 가볍게, 더 가볍게 길을 나서고 싶다. 그리하여 나의 소풍이 향기로운 삶이 되고 작은 행복이 되도록 하고 싶다.

감사 일기

풍요함은 퍼 가도 퍼 가도 남아 있다.

- 우파니샤드 -

작년 12월에 우연하게 열흘간의 피정을 할 수 있는 시간이 있었다. 짬이 나면 읽으려고 가지고 간 『감사 레시피』라는 책을 매일 조금씩 읽게 되었다. 첫 번째 읽을 때도 마음에 와 닿는 글이 많았는데, 새로 읽으니 더욱 감동적이다. 지금까지 무수히 많은 책에서 좋은 글을 읽어 내 지식의 지평이 넓어졌고, 마음의 양식을 많이 쌓은 것은 다 책을 가까이 한 덕분이다. 오직 책에게 감사할 뿐이다. 감사 레시피의 핵심 단어는 '감사하는 사람의 인생이 정말 행복해진다'는 것이다. 감사할 일이 있을 때마다 감사 표현을 하면서 살아야 하지만, 일관적으로 감사 표현을 잘 못하는 것이 사실이다.

책을 읽고 나서 감사 일기를 써 보기로 했다. 나는 요즈음 하루는 있으나 일주일과 한 달이 눈 깜박할 사이에 지나가 버리는 느낌을 받곤 한다. 일 년이란 시간도 더 걷잡을 수 없이 빠름을 피부로 체감하고 있다. 뭐든지 기록하지 않으면 일상적인 일은 까맣게 잊어버리게 되는 것 같다. 소소한 감사의 내용을 적고 왜 그런지 이유를 달아 봄으로써 내 인생이 풍요롭다는 사실을 마음 깊숙이 각인시키고 싶다.

하루를 돌아보니 감사할 일이 생각보다 많다. 감사 일기를 쓰는 순간, 감사할 일이 아니라고 느꼈던 일들이 감사의 조건으로 보이기 시작한다. 스마트 폰의 메모장에 기록해 보니 작은 재미가 더해지고 있다. 빙판에 넘어져서 머리에 커다란 혹이 났는데 팔다리 안 부러진 게 감사하고, 눈이 많이 와서 이동하는데 너무 위험했지만 멋진 눈꽃들을 보아서 감사하다. 작은 선물을 받은 것도 감사하고, 좋은 책을 읽은 것, 좋은 TV프로그램을 본 것도 감사하다는 등의 내용이 보태지고 있다.

감사는 나의 따뜻한 마음을 다른 사람에게 주는 것이다. 먼저 감사의 마음이 있어야 선물도 하게 된다. 작년 크리스마스 때 나는 몇 사람에게 책을 선물하였다. 그중의 하나는 론다 번의 시크릿 실천편인 『매직』을 두 권 사서 한 권은 내가 읽고, 한 권은 내 연구실의 조교에게 선물하였다. 한때 나는 『시크릿』을 여러 번 읽고 좋아서 여러 지인들에게 선물한 적이 있다. 그 책이 얼마나 그들 인생에서 좋은 영향을 미쳤는지 난 알 수가 없다. 하지만 내 연구실의 조교는 올해 교원임용고시라는 인생의 큰 과제를 안고 있으니 조금이라도 도움이 되었으면 좋겠다.

인생이란 여정은 녹록하지 않다. 그런데 인생에서 내가 바라는 일들이 매직처럼 일어난다면 얼마나 신날까? 성경의 마태복음 13장 12절에 "무릇 있는 자는 받아 넉넉하게 되되 없는 자는 그 있는 것도 빼앗기리라"라는 말씀이 있다. 이 말씀을 읽으면서 '왜 하나님은 있는 사람은 더 부유하게 하시고 없는 자는 있는 것까지도 빼앗아 가시는지?' 하고 의아해한 적이 있었다.

이후 학습장애아 교육에서 '마태(Matthew) 효과'라는 법칙을 알게 되었는데, 읽기의 기초가 있는 아동과 없는 아동을 비교한 것이었다. 즉, 읽기 기초가 있는 아동은 계속 더욱 빠르게 학업성취를 해나가지만 그렇지 않는 아동은 학업성취가 거의 이루어지지 않는다는 것을 알게 되었다.

론다 번은 이 말씀에서 '감사하는' 마음이 있으면 있는 자는 받아 넉넉하게 되지만, '감사하는' 마음이 없으면 그 있는 것도 빼앗긴다는 것을 이야기하고 있다. 즉, 이 말씀에서 감춰진 키워드는 '감사'이다. 그래서 우리 모두는 시간을 내어 감사하는 훈련을 해야 한다는 것이다. 감사하는 마음이 있으면 더 많이 받을 것이고, 더 넉넉해질 것이라고 말하고 있다.

감사에 관한 책을 읽고 감사 일기를 쓰기 시작한 때에 『매직』이라는 책을 읽어 보니 온통 감사하라는 이야기이다. 사람이 한 가지 일에 집중하고 몰입하면 그쪽 방향으로 나아간다는 사실은 누구나 알고 있다. 누구나 선택과 몰입의 체험을 가지고 있을 것이다.

나는 단지 감사의 조건을 찾아 작은 행복에도 감사할 줄 아는 사람이 되고자 하는데, 나에게 『매직』이라는 큰 숙제가 떨어졌다. 『매직』은 28일간 감사의 실천을 할 수 있도록 프로그램화된 책이다. 책의 주인공으로 선택된 사람들은 과학적으로 검증되지는 않았지만 감사한 마음이 준 매직 같은 생활을 소개하고 있다.

　책을 읽는다고 그 책이 고스란히 내 것이 되는 것은 아니다. 각자의 처한 형편이 모두 다르니 적용하는 것도 달라질 것이다. 우선은 천천히 『매직』을 읽어 볼 요량이다. 그리고 실천할 수 있는 부분을 잘 정리하여 살아가면서 작은 은혜의 순간에도 감사의 말과 행동을 놓치지 않고 싶다. 그리고 내 감사 일기의 목록이 늘어나서 하나님 앞에 서는 날 세상에서 감사 표현을 잘했으니 하나님께 '감사쟁이'라고 불리고 싶다.

행복비빔밥

미각은 모든 감각과 통한다.

섬세하게 다듬으면 세상이 보이고 들린다.

- 황교익, 미각의 제국 -

사람들은 비빔밥을 좋아한다. 한국 사람들은 물론 외국 사람들까지 '웰빙 푸드'라면서 좋아하기는 마찬가지이다. 전주는 한국의 음식 수도이다. 아니, 전 세계인이 좋아하는 비빔밥의 고향이다.

누구에게나 비빔밥에 대한 아련한 추억이 있게 마련이다. 어릴 때 어머님이 갓 퍼낸 하얀 쌀밥에 왜(진)간장을 조금 넣고, 참기름 한 방울과 날계란을 섞어 비벼 주던 그 비빔밥, 그 맛은 기억의 맛창고에 오롯이 똬리를 틀고 있다. 나중에 커 가면서 모든 한국인은 비빔밥을 나름 맛있게 만들어 먹는 창의적 요리 예술가가 된다.

비빔밥은 '골동반(骨董飯)' 또는 '화반(花盤)'이라 불려 왔다. '골동반'이라는 것은 모든 재료를 어지럽게 섞는다는 의미를 가지고 있고, '화반'은 온갖 비빔밥의 재료가 어우러져 화려한 꽃밥과 같다고 해서 붙여진 이름이다. 비빔밥은 지역마다 사용되는 재료가 조금씩 다르고, 집집마다 해먹는 방식도 조금씩 다르다. 그러나 비빔밥이라고 하면 대체적으로 잘 지은 밥 위에 콩나물, 도라지, 고사리 등과 같은 나물과 양념해 잘 볶은 소고기 또는 육회, 야들야들한 황포묵 그리고 달걀을 얹고 고추장이나 간장으로 잘 섞어 먹는 음식을 말한다.

우리 조상들이 언제부터 비빔밥을 즐겨 먹었는지는 잘 모른다. 1800년대 말엽에 『시의전서』라는 조리서에 처음 기록되었다고 하니, 그렇게 역사는 길지 않은 것처럼 보인다. 하지만 기록상 그렇다는 것이고 아마 그 이전부터 한국인들은 비빔밥을 즐겨 먹지 않았을까?

옛날, 아니 우리가 초중등학교를 다닐 때는 1960년대와 70년대 초였으니까 먹을 것이 많이 없던 시절이었다. 모두들 절대빈곤에 시달리고 있었다. 도시락에 쌀보다는 보리쌀이나 잡곡이 더 많았고, 반찬이라는 것도 김치 몇 조각에 고추장 한 숟갈이 전부였다. 혹시라도 계란 프라이를 밥 위에 얹어 주면 최고의 반찬이었다. 점심시간이면 어김없이 모든 반찬을 넣고 네모진 도시락을 흔들어서 빨간 비빔밥을 만들어 먹던 일들이 주마등처럼 스쳐 지나간다.

세월이 한참 흐른 후, 나는 전주라는 도시에 살게 되었다. 지금까지 내가 살아온 대구나 서울과는 음식의 맛과 질이 확연히 느껴지는 곳이었다. 어디를 가나 저렴한 가격에도 한상 가득히 차려지는 밥상이 신기하게만 느껴졌다. 나름 왜 이렇게 다른지 생각해 본 결과, 전주는 모든 식재료가 풍부한 지역이고 먹고 살기가 옛날부터 타 지역과는 달랐음을 알게 되었다.

전통 전주비빔밥은 나름의 철학과 격식이 있다. 나는 요리사나 요리학자가 아니라 정확히 알지는 못하지만, 전주비빔밥에는 콩나물과 황포묵, 그리고 육회가 꼭 들어가며 그것을 놋그릇에 담아낸다는 것이다.

전주에만 전주비빔밥이 있는 것이 아니다. 우리나라 방방곡곡에는 전주비빔밥 식당이 없는 데가 없다. 전주 사람들이 할 수도 있고 전주비빔밥을 만드는 것을 배워 만들어 내는 식당일 수도 있다. 전주 시내라 해도 집집마다 만드는 방식이 조금씩은 다르다. 전통적으로 만들어 온 장인집안이 있는가 하면, 그렇지 않은 집도 있다.

20년을 넘게 전주에서 살아온 나는 비빔밥으로 유명한 전주의 식당을 훤히 알고 있다. 그리고 내가 먹어 보고 확인한 나만의 맛 집을 리스트에 올린다. 간혹 타지에서 온 지인들을 모시고 가 대접하곤 하는데 모두들 엄지를 치켜세우며 최고라 한다. 요즈음은 인터넷이 발달한 시대라 맛 집 찾기를 하면 손바닥 안에 모든 정보가 들어오니 참 편리한 세상이 되었다.

꽃밥을 만들어 상 위에 놓으면 아름답기 그지없다. 너무 예뻐서 먹기가 아깝다. 요즈음의 젊은이들은 인증샷을 찍고서 먹지만 말이다. 그런데 이 예쁜 밥을 고추장으로 마구 섞는다는 것은 질서에 파괴를 하는 일종의 행위예술과도 같다. 혹시 밥에 대한 무례는 아닐까.

서양 사람과 중국이나 일본 사람들은 고유한 식재료의 맛을 따로 음미하며 먹는 습관이 있다고 한다. 그런데 한국 사람은 섞고 비벼서 새로운 맛을 창조한다고 할까. 비빔밥은 고추장과 참기름 같은 촉매제를 사용하여, 모든 재료가 어우러져 내는 맛과 함께 그 속에 각 재료의 맛을 오롯이 살려내어 한 단계 높은 맛을 만들어 낸다.

'융합'이니 '통섭'이니 하는 말이 화두가 되어 왔다. 학문이나 산업 분야에서 지금까지 분과 위주의·패러다임에서 통합적으로 생태적으로 모든 것을 보려고 학문 간의 섞음을 강조하고 있다. 즉, 잘 섞어 보면 새로운 무언가가 창조될 것이기 때문이리라. 비빔밥의 미학은 이러한 현대의 트렌드와도 일맥상통한다.

비빔밥의 종류는 정말 많다. 집집마다 다르고 사람마다 다르니 그 수를 도저히 헤아릴 수 없다. 또 매일 독특한 비빔밥이 만들어지고 있으니 비빔밥의 세계는 무궁무진하다. 전통비빔밥, 돌솥비빔밥, 산채비빔밥, 회(멍게)비빔밥, 새싹비빔밥, 치즈비빔밥 등 그 수는 가히 끝이 없다. 또한 전주, 진주, 안동, 평양, 통영 등 지역에 따른 비빔밥도 물론이다. 비빔밥은 한국인의 역동성과 창의성이 담긴 우리의 멋진 식문화라 해도 손색이 없을 것이다.

우리 삶도 따져 보면 한 그릇의 비빔밥이다. 그 재료는 사람마다 다르다. 인생이란 길 위에 전개되는 기쁨과 슬픔, 고난과 성취, 가족과 일터, 감사와 사랑이 그 재료이다. 어떤 비빔밥을 만들어 내는가는 각자의 몫이다. 만만치 않는 삶의 여정이 때론 눈물의 비빔밥이 되기도 하겠지만, 때에 따라서는 그 반대의 행복비빔밥이 될 수도 있다. 내가 가르치는 학생들과 사랑하는 가족, 친구 나아가 세상의 모든 사람들이 행복비빔밥을 만들어 내는 멋진 인생의 예술가들이 되기를 바란다.

가수 비는 나의 몸짱 모델

대한민국은 유행의 첨단을 걷는 나라이다. '얼짱', '몸짱', '마음짱' 등 많은 유행이 밀물처럼 다가왔다 썰물처럼 빠져간다. 유행을 따라 잡으려면 피나는 노력을 동원해도 될까 말까 하다. 그래서 '짱'으로 이어지는 아름다움은 모든 사람의 로망이다.

10여 년 전에 나에게 원인을 알 수 없는 피부 알레르기가 찾아왔다. 나는 그 원인을 음식, 새로 설치한 히터, 운동 부족 등 여러 가지로 생각해 보았지만 정답은 찾을 수 없었다. 그래서 한의원을 찾아 진

찰을 받아 보니, 의사선생님 왈 "모든 기능이 약해져 있으니 약을 두세 첩 드시면 나을 겁니다."라는 진단을 받고 약을 먹었지만 별 차도가 없었다. 그래서 나는 그동안 쭉 쉬고 있던 운동을 하기로 하고 아파트 주위를 걷기 시작했다. 소위 아줌마들의 파워 워킹으로 말이다.

최소한 30분에서 1시간을 걷는 파워워킹은 생각보다 운동량이 꽤 많았다. 대학생 때보다 10kg 이상의 체중을 유지하고 있는 나는 어느 정도 인격이 나온 대한민국의 평범한 40대 후반의 아저씨였다. 어릴 적부터 어머니는 "너는 뱃집이 있었어."라고 해서 나는 그런 줄로만 알았다. 그런데 한 3개월쯤 걷고 나니까 몸의 작은 변화가 감지되기 시작했다. 즉 배둘레햄, 옆구리가 살짝 깎인 느낌이 들었다.

열심히 걸으면 뱃살산맥에 계곡을 만들 수 있을 거라는 아주 작은 희망이 감지되기 시작한 것이다. 나는 그날부터 1년을 열심히 걷기 시작했고, 정말 허리가 살짝 드러나는 체험을 하게 되었다. 그리고 낮에는 점심을 먹은 후 바로 의자에 앉는 것이 아니라 30분간 교정을 산책하기 시작했다. 식사 후 자리에 앉으면 아랫배 외에 나올 것이 없다는 생각에서 말이다. 산책은 소화를 도울 뿐만 아니라 나의 몸에 대한 이미지 트레이닝과 여러 가지 잡다한 생각을 정리하기에 정말 좋은 것 같다.

1년을 걸은 후, 나는 2년을 더 걷기로 작정을 하고 시간이 날 때마다 걷기 시작했다. 그러다 보니 자연히 몸짱들에 대해서 이런저런 기사를 훑어보게 되었고, 급기야는 잡지에서 몸짱 사진 하나를 오려서 나의 방 창문에 붙이게 되었다. 나중에 알고 보니 사진의 주인공이 바로 모든 사람의 몸짱 로망인 가수 비(Rainy)였다. 비가 나의 몸짱 모델이 된 것이다.

그리고 팔굽혀펴기, 윗몸 일으키기, 아령 들기 등 여러 가지 보조운동을 하게 되었다. 3년의 운동으로 나는 어느 정도 체중의 감소와 함께 인격을 꽤 줄이게 되었다. 34인치의 허리둘레가 2인치나 줄어들어 한결 가벼운 몸이 되었다.

규칙적으로 운동을 하는 것은 정말 힘들다. 한국의 40대와 50대에 저녁 회식에서 자유로운 사람이 그 얼마나 될까. 그래서 어떤 사람은 새벽운동을 하기도 하고, 어떤 사람은 피트니스클럽에 등록하기도 한다. 하지만 규칙적으로 무엇을 한다는 것이 그리 녹록하지 않은 것은 누구에게나 마찬가지이다. 나는 운동을 하면서 하루아침에 몸이 확 바뀌지 않는다는 교훈을 얻고 천천히 가기로 했다. 일생 동안 할 운동이니 절대 무리하지 말자는 생각이었고, 요란스럽게 하지도 않을 생각이라 나에게 맞는 운동을 하기 시작했다.

몸매를 유지하려면 세끼를 일상적으로 제때 맞춰 먹는 것이 무엇보다 중요하다는 것을 깨달았다. 식사 때를 놓치면 빨리 먹고 폭식하게 된다. 그리고 저녁 8시 이후에는 될 수 있으면 먹지 않으려고 노력한다. 회식이 있어 늦게까지 많이 먹었으면 그다음 날 아침에는 가볍게 먹는다. 또 아침에 운동을 못하면 저녁에 한다. 오늘 운동을 못했으면 내일 한다. 융통성 있게 가벼운 마음으로 운동을 친구처럼 대한다. 이것이 내가 운동을 꾸준하게 해온 비결이라면 비결이다.

나는 60세 이전에 비처럼 조각몸매는 아니더라도 작은 식스팩을 만들고 싶은 소망으로 운동을 해왔다. 10년이면 강산도 변한다는데 내 뱃살에도 어느 정도 계곡이 나타났고, 식스팩의 흔적이 희미하게나마 나타나기 시작했다.

단기간에 몸짱을 만드는 프로그램이 우후죽순처럼 생겨나고 있고, 지방 성형수술 등 엄청난 유혹이 있더라도 절대 흔들리지 마시라. 좋다는 운동기구에도 유혹되지 마시라. 운동기구를 사면 바로 몸이 만들어질 것 같지만, 기구를 사고 나면 거실에 빨래걸이가 되는 것을 경험해 본 사람이 부지기수다.

나는 10년 전보다 몸이 정말 날씬해졌다. 예전의 양복을 입으면 코트를 입는 느낌이다. 오랜만에 만나는 제자들은 모두 다 깜짝 놀란다. 교수님, 어디 편찮으셔서 살이 쏙 빠졌냐고. 그들은 내가 몸만들기에 묻은 세월과 노력을 모를 것이다. 그러나 재학생들은 나를 '몸짱 교수님'이라고 부른다. 내가 평소 때 하는 노력을 알고 있기 때문이다.

나의 운동은 이 정도면 제법 성공을 거둔 것 같다. 하지만 나는 살아 있는 한 계속 운동을 할 것이다. 모든 일에 늦었다고 생각할 필요가 없다. 그런 생각을 하는 순간 시작하면 된다. 나이 70에 검도를 하고, 나이 80에 발레를 하고, 나이 90에 요가를 하며 늘 아름다운 도전을 하는 사람들은 나의 영원한 건강과 몸짱 모델이다.

수성(壽城)의 가을

이별은 미의 창조입니다.

- 한용운 -

무더위가 기승을 부리는 늦여름, 귀뚜라미 소리가 들리면 가을이 오는 것을 예감한다. 그리고 하늘이 높아지고 고추잠자리가 떼 지어 날아다니면 누구나 가을의 계절로 접어들고 있음을 느끼게 된다. 가을에 대한 추억과 낭만은 사람마다 다르다.

'가을' 하면 사람들은 대개 단풍을 떠올린다. 물론 바람에 하얗게 날리는 억새풀을 상상하는 사람도 있겠지만 말이다. 가을 산의 단풍은 아름답기 그지없다. 그러나 높은 산의 기온은 급격히 떨어지기 때문에 산 정상의 단풍을 보려면 시기를 잘 맞추지 않으면 안 된다.

또 '단풍' 하면 설악산, 내장산을 떠올린다. TV로만 본 설악산의 단풍은 실감이 나지 않는다. 내장산의 단풍을 보려고 여러 번 단풍 여행을 떠났으나, 너무 시기가 일러서 사람 구경만 하고 실제 단풍은 보지 못하고 온 경우가 많았다. 몇 해 전에 단풍이 끝났다고 생각되는 11월 초에 몇몇 학생들과 내장산으로 늦은 단풍 구경에 나섰다. 산 위에 단풍나무들은 잎들이 다 떨어져 앙상한데, 산 치맛자락에 있는 단풍나무들은 샛노랗고 빨갛게 물들어 있어서 추정(秋情)을 만끽하고 돌아온 추억이 있다.

요즈음 도심에도 단풍의 색깔이 너무 곱다. 특히 내가 사는 대구의 수성구는 산들을 올망졸망 끼고 있어서, 조금만 눈을 돌리면 가을의 정취에 흠뻑 빠질 수 있다. 떡갈나무들이 울긋불긋 색깔이 변하면서 푸른 소나무와 멋진 대비를 이룬 모습은 너무나 아름답다. 또한 은행나무, 느티나무, 벗나무, 네군도단풍나무 등 다양한 가로수들도 제각각 여러 가지 물감을 풀어헤쳐, 멋진 가을 풍경화를 그리고 있다. 특히 올해의 단풍은 기온이 서서히 떨어지면서 또 적당히 가을비가 섞어 내려서 탄성을 자아낼 만큼 아름답게 물들었다. 마음이 아무리 무딘 사람이라 해도 보는 이의 마음을 흔들어 놓기에 충분하다.

늦가을의 도심은 마지막 단풍을 볼 수 있는 공간을 제공한다. 특히 범어로터리에서 수성못까지의 느티나무와 은행나무는 단연 압권이다. 사람이 각각 다르듯이 나무도 한결같이 다르다. 여름엔 모두 짙은 녹색 옷을 입고 있었지만 가을이 되면 나무는 제각각 다르게 변신한다.

느티나무는 노랗고 빨갛게 때로는 아직도 파란색의 조화로 눈길을 사로잡는다. 은행나무는 서서히 노랗게 물들다 마지막이 되면 샛노랗게 물든다. 낮에 눈부신 태양을 받은 은행나무는 황금가로등을 연상시킨다. 간혹 바람이 불면 우수수 떨어져 날리는 은행잎, 코트 깃을 세운 연인들이 은행잎을 밟으며 추억의 새끼줄을 꼬고 있다.

바쁘다는 핑계로 멀리 갈 순 없지만 내 눈앞에 펼쳐진 광경을 눈으로 즐길 수 있는 도심도 이제는 낭만의 장소가 되고 있다. 형형색색의 단풍을 보며 카페의 창가에 앉아 커피 한 잔과 추억을 만드는 것도 나쁘지 않다. 제동이 안 되었던 삶의 속도를 살짝 늦추어 잠깐 여유를 부린다면, 도심에서도 가을의 호사를 맘껏 누릴 수 있는 세상이 되었다. 여행을 하면서 많은 곳을 보아 온 나는 요즈음 내가 살고 있는 동네의 매력에 서서히 빠져들고 있다. 주어진 삶의 공간에 대한 감사라고 해야 하나, 하여튼 너무나 사랑스럽게 느껴진다. 내가 나이 들어가는 걸까.

연인이 아니더라도 수성못을 한 바퀴 돌면서 가을밤의 정취를 느껴 보는 것은 어떨까. 수면에 흔들리는 형형색색 네온사인과 화려한 분수 쇼, 간혹 펼쳐지는 추억의 색소폰 콘서트라도 열리면 뭐가 더 부러우랴. 카페 호반에 들러 옛날을 떠올리며 가슴 따뜻한 이야기들을, 연인은 아니지만 서로 주고받아도 좋다. 아님 최근에 우후죽순처럼 생겨난 젊은이들의 카페에 슬쩍 끼여 앉아 젊은 시절로 돌아가 보는 것도 나름 운치가 있지 않을까.

나는 계절상 가을이 오면 어디론가 떠나고 싶기도 하고, 서늘한 바람이 내 피부 세포를 자극하면 한 줄의 시가 쓰고 싶어진다. 떨어지는 낙엽을 보며 저 낙엽처럼 인생도 잠깐이려니 생각하면, 주어진 생을 겸허히 정직하게 살아야겠다는 생각을 하기도 한다. 때론 끝나지 않는 사랑의 이야기보따리를 풀어헤쳐서 밤늦도록 그이와 마주하고 싶기도 하다. 낭만의 램프를 켜고 향기로운 한 잔의 와인을 주고받으며, 다시 오지 않을 가을의 정취를 안주 삼아 추억을 아로새기고 싶다. 이 가을 도심 속의 낭만을 맘껏 즐기면서 다시 오지 않을 멋진 밤을 수놓고 싶다.

인간은 분명 추억을 먹고 사는 존재이니까.

그리운 영자씨

모든 것은 변화한다.

내 생각의 변화야말로 사람들을 젊게 만드는 그 무엇이다.

나는 그 변화를 즐기며 성장을 믿는다.

- 제인 프리드먼 -

    사람은 누구나 하나쯤은 별명을 가지고 있다. 멋진 별명도 있지만 대개는 생김새를 흉내 내어 별명을 지어내기 마련이다. 별명 때문에 남학생들은 싸우기도 하고 여학생들은 울기도 한다. 초등학교 때는 정말 별명을 부르는 것이 예사였다.

    별명은 때로 가슴 아프게 들리지만 친근함의 표시이기도 하다. 친구 간에 이름 대신에 별명을 서로 주고받으면 그만큼 허물이 없다는 표시이기도 하다. 별명을 불러 주는 친구가 몇 명이나 있었는지 더듬어 보면, 지나간 시절의 추억이 오롯이 떠올라 조금은 순간의 행복에 젖지 않을까.

별명은 얼굴의 생김새나 하는 행동을 보고 지어내는 게 다반사다. 코가 돼지 코처럼 납작하게 생겼으면 돼지 코, 입이 크면 하마, 어디든 잘 나서면 촐랑이, 남에게 잘 주지 않고 뺏어 먹으면 뺀댓돌, 조금 모자라면 팔불출, 행동이 느리면 굼벵이 등 정말 다양하다. 지금이라도 친구의 별명이 생각난다면 나도 모르게 웃음이 스미어 나올 것이다.

나에게도 별명이 몇 개 있었다. 초등학교 들어가기 전까지 나는 시골동네의 집이 많은 곳에서 약간 떨어진 외딴 곳에 살았다. 거기에는 몇 집만 살았기 때문에 남자 동무(그땐 '친구'라는 말보다 '동무'라는 말을 많이 썼다. '동무 동무 씨동무 보리가 나도록 씨동무'라는 말이 기억나는데 무슨 의미로 사용했는지는 딱히 기억이 없다. 아마 북한에서 '동무'라는 말을 사용하는 바람에 '동무'라는 말이 사라진 듯)가 없고, 여자 동무 서너 명이 있어서 주로 계집애들과 놀게 되었다. 간혹 친구들이 많은 큰 동네로 원정 가서 남자 동무를 만나 딱지치기나 구슬치기도 하였지만, 대부분은 계집애들과 고무줄놀이나 공기놀이를 많이 하였다. 그래서 초등학교 저학년 때는 내성적이고 내뱉는 말이 거의 계집애들이 하는 말투여서 친구들이 나에게 '색시'라는 별명을 지어 주었다. 나는 그 별명이 싫어서 그런 말을 하는 친구들을 따라다니며 때려 주었다.

중학교에 진학하면서 나는 운동을 곧잘 했다. 단거리 달리기를 잘해서 축구를 하면 라이트 윙을 맡아 곧잘 골을 성공시켰기 때문에 친구들이 좋아하였다. 그러나 평소 때는 조용하였고 또 말이 별로 없었다. 1학년 때는 초딩 티를 못 벗어나 나름 귀여웠는지, 뒷줄의 큰 친구들이 '가시내'라는 별명을 붙여 주었다. 그리고 나의 애를 태우며 장난을 치기도 하였다. 간혹 일찍 사춘기를 맞은 친구들은 으슥한 곳에서 나를 끌어안고 뽀뽀 세례까지 퍼부었다. 그러나 2학년에 올라가면서 키가 부쩍 크고 덩치가 커져서 놀리는 친구들은 없어졌다.

고등학교 때 나의 별명은 '마나슬루'였다. 그 당시 우리나라 산악인들이 히말라야를 등정하는 것이 붐이었는데, 마나슬루는 마의 빙벽이어서 좀처럼 정상 등반에 성공하지 못하였다. 등반에 대한 이야기를 하다가 한 친구가 내 머리 뒤통수를 만져 보면서 "뭐야, 마나슬루네!" 하는 것이 화근이 되어 내 별명이 마나슬루가 되어 버렸다. 어머니는 어릴 때 너무 순둥이어서 뒤꼭지가 납작하게 되었다고 했다. 초등학교나 중학교 때보단 훨씬 멋진 별명이라고 생각되어 별명을 불러도 그리 기분이 나쁘진 않았다.

대학교에 오면 별명을 부르는 일은 거의 없어진다. 정말 친한 친구가 아니면 잘 부르지 않을 뿐만 아니라, 별명을 만들어 내지도 않는다. 그런데 대학교 3학년 때 ROTC 훈련을 받으면서 친해진 JH라는 친구가 무슨 말을 하다가 나를 '영자 씨'라고 불렀다. 그땐 영자의 전성시대였다. 〈영자의 전성시대〉라는 영화가 있었고, 굵직한 사건의 배후에는 영자 씨들이 포진해 있어서 내 이름 첫 자에다 자를 넣어 그렇게 불렀던 것이다. 그땐 친구들 이름 첫 자 뒤에 모두 '자'를 넣어 그렇게 불렀으니, 각박한 군사훈련 상황에서 나름대로 재미를 주려고 했던 것 같다. 지금은 캐나다에 이민 가서 여유로운 삶을 즐기고 있는 친구는 간혹 편지나 이메일에도 '그리운 영자 씨'라고 쓰는 것을 보면 영자를 꽤 좋아하긴(?) 했나 보다.

작년부터 친구는 자기가 어디로 튈지 모른다며 자기가 토론토 (Tronto)에 있을 때 토론토로 놀러 오라고 나를 부추기는 메일을 여러 번 보내왔다. 이번 겨울에 우리 부부는 그 춥다는 캐나다를 전격 방문하고 한 열흘간 멋진 추억을 새기고 왔다. 토론토, 오타와, 몬트리올, 퀘백 그리고 나이아가라 폴까지 가는 곳곳마다 재미를 섞어서 배꼽을 쏙 빼고 왔다. 우리의 멋진 만남을 위해 날씨는 축복처럼 우리에게 부조를 했다. 다리에 힘 있을 때 놀아야 함을 온 몸으로 느끼고 돌아왔다.

아련한 추억이 있는 별명이 생각난다. 그땐 별명 부르는 것이 싫어서 화도 내고 속상해하기도 하였지만, 이제 돌아보니 가물가물 희미한 옛 추억이 되었다. 그때 그 시절로 돌아갈 순 없지만 친구들과 어울렸던 교정의 아름다운 우정들이 주마등처럼 스쳐 지나간다. 지금 어디서 무엇을 하며 친구들은 멋진 로맨스그레이를 이어 가고 있을까? 보고 싶다, 친구야!

붕우(朋友)

벗이란 무엇인가? 두 사람의 육체에 사는 한 영혼이다.

- 아리스토텔레스 -

    나에게는 많은 친구가 있지만 그중에서도 소중한 친구가 한 명 있다. 이름은 JK이고 지금 미국 LA 시에 살고 있다. 그 친구를 만난 지가 1976년이니까 꽤 오랜 세월이 흘렀다. 햇수로 따져 보니 40년을 넘어가고 있다. 정말 오랫동안 사귄 친구이다.

    지금은 일 년에 자주 연락을 주고받지 않지만 초기에는 꽤 자주 연락을 하며 서로의 우정을 나눈 친구이다. 나와 친구는 대학교 1학년 때 영어듣기 수업의 출석번호순으로 좌석이 배정되면서 자주 얼굴을 보게 되었고, 그 후 몇 번 말을 건 계기가 있어서 서로 친해졌다.

    알고 보니 같은 동네에 살고 있었지만 집이 떨어져 있어서 다른 버스를 타고 다니고 있었다. 친구는 덩치도 크지만 거의 말이 없는 친구라 누구나 쉽게 다가갈 수는 없었다. 나는 나름 교회의 고등부 임원 생활을 하고 대학에 온 터라 이것저것 친구에게 물어보면서 그나마 대화의 물꼬를 트게 되었다.

대학 1학년 때 처음으로 시행하게 된 대학병영훈련을 창원에 있는 ○○사단으로 갔다. 처음 생긴 대학생병영훈련에다 처음 입소한 대학이었으니, 군대에서도 우리들을 어떻게 다룰지 잘 몰라 신병훈련소의 훈련병처럼 너무 고되게 훈련시켰다. 그땐 반정부시위가 많아서 대학생들에게 정신무장을 시킨답시고 혼을 다 빼놓았다. 그때 친구가 무얼 잘못 먹었는지 설사를 하게 되었다. 그런데 친구는 정말 물을 조금 먹는 것 외에는 아무것도 먹지 않고 여러 날 동안 훈련을 버텨 나갔다. 옆에서 지켜보는 나는 무척 마음이 아팠고 내가 한 어떤 위로의 말도 도움이 된 것 같지 않아 많이 안쓰러웠다.

그 후 시간이 흐르고 대학 1학년을 마치면서 친구는 군 입대를 하게 되었고, 나는 2학년이 되면서 대학신문사 기자로 활동하게 되었다. 1976년 12월 23일에 친구는 군대에 가기 전 자기 집에 나를 초대하였다. 친구의 집은 대구고등법원 옆의 목화아파트였던 것으로 기억된다. 우리는 많은 이야기를 나누면서 하룻밤을 같이 보냈고, 친구는 크리스마스 선물로 빨간 커버가 아름다운 '명시일기(明詩日記)'라는 일기장을 내게 선물하였다.

그전 고등학교 때도 일기는 썼지만 친구가 준 예쁜 일기장에다 하루에 한 개씩 명시를 읽으며 나름 열심히 일기를 쓴 것 같다. 그때 읽은 시와 대학에서 시를 많이 읽은 것이 지금의 시인이 되는 데 영향을 많이 미친 것 같다.

친구는 카투사가 되어 판문점의 JSA에서 헌병으로 근무를 하게 되었다. 친구는 성격상 말이 워낙 없었던 터라 친한 친구가 거의 없었고, 그나마 유일하게 나와 편지를 주고받는 사이가 되었다. 나는 열심히 나의 근황과 대학신문 등을 부쳐 주면서 친구의 군 생활을 조금이나마 위로하려고 하였던 것 같다.

대학 3학년이 되면서 나는 ROTC를 하게 되었고, 바쁜 가운데서도 짬짬이 소식을 전하고 있었다. 간혹 휴가 나오는 일이 있으면 밥도 같이 먹고 이야기도 하면서 작은 우정의 싹을 키워 갔던 것 같다. 그해 12월인가 처음 남북회담을 하는 날, 친구는 자신이 근무하는 캠프 키티로 나에게 면회를 오라고 했다. 지금 정확한 기억은 없지만 임진각 근처에서 친구를 만나 지프차를 타고 부대 안으로 들어간 것 같다. 북측의 대표단이 육로로 임진각 다리를 넘어오면서 나의 면회 시간은 두세 시간이나 지체되었다.

부대 안은 외부와는 많이 달랐고, 야간에도 경기를 할 수 있게 라이트 시설을 갖춘 테니스장, 양주와 양담배를 살 수 있는 PX(그 당시에는 정말 구하기 어려운 물건 중의 하나가 양주와 양담배였다. 지금 상황에선 실소가 나오지만), 그리고 친구가 생활하는 내무반을 둘러보았다. 그리고 제일 중요한 화장실까지. 친구는 아침이 되면 화장실의 광경이 진풍경이라고 농담 삼아 이야기해 주었다. 진풍경은 나름대로 상상해 보시라. 그리고 미루나무 도끼만행 사건을 볼 수 있게 한 전시 공간도 돌아보았다.

그 당시 친구는 내가 너무 순진하다며 나를 숙맥으로 여긴 것 같다. 군에서 받은 성교육도 이야기해 주고, 나에게 예쁘게 포장한『킨제이 성보고서』책까지 선물해 주었다. 나는 혹시 들킬세라 책장 속에 넣어 두고 몰래몰래 꺼내어 읽던 기억이 난다. 아마 우리 부부가 행복한 밤 생활을 해왔다면 친구의 도움이 크지 않았을까. 젊은 날의 추억이라 돌이켜 보니 입가에 미소가 절로 번진다.

4학년이 되어 임관할 무렵, 친구는 가족을 따라 미국으로 이민을 간다고 하였다. 그땐 지금과는 달라 한국과 미국이라는 먼 공간을 사이에 두고 언제 만날지 기약할 수 없는 상황이었다. 나는 친구를 우리 집에 초대했다. 그때 밤늦게 헤어진 기억이 있는 걸 보니, 어머니가 친구를 위해 밥을 해 주셨던 것 같다. 친구는 미국의 LA에서 이민 생활, 나는 동부전선의 철책 소대장, 서로의 청춘에 성실하면서 시절 인연의 끈이 닿아 우리는 계속 편지를 주고받을 수 있었다.

친구는 대학 졸업 후 LA시청의 공무원이 되었고 바로 결혼을 했다. 그리고 다복하게 아들 딸 한 명씩 낳고 지금껏 행복하게 살고 있다. 나는 그 후 제대를 하고 YH라는 회사에 있다가 1984년 12월에 결혼을 하였다. 대학원에 진학하면서 애기는 늦었지만 딸 하나를 낳았다. 사회의 초년병에다 결혼과 육아로 30대는 쏜살같이 지나갔다.

1995년 결혼 10주년 기념으로 미국의 동부지역을 여행했다. 친구는 언제 또 미국에 오겠냐며 동부 여행 후, 서부의 LA에서 만나 친구 가족과 함께 여행을 하자고 제안하였다. 우리는 그랜드캐년을 비롯한 미국 서부의 여행지들을 구경하면서 지난 세월 동안 쌓은 우정을 다시 한번 확인하였다. 2001년 안식년을 맞아 친구 집에 두 번째로 방문하였다. 오리건 주의 유진에서 샌프란시스코를 거쳐 LA까지 가는 길은 먼 여행길이었다. 멋진 곳을 방문하고 멋진 음식을 같이 먹으며, 우리는 살아 있음에 감사하며 서로의 우정을 더욱 돈독히 하였다.

그리고 친구는 인형같이 예쁜 부인과 자녀들을 데리고 2002년 한국을 방문하였다. 제주도, 부산, 경주, 설악산, 그리고 서울을 돌아보는 여정이었다. 아이들이 한국에 흥미가 없다고 처음엔 한국에 오지 않겠다고 했다 하더니, 미국으로 돌아간 뒤 또 한국으로 오고 싶다는 말을 전해 왔다. 그 말을 들으니 한국이 정말 다이내믹하고 젊은이가 선호하는 사회로 변했다고 생각된다. 3년 전 친구가 다시 한국을 방문하였다. 벚꽃 만발한 마이산 길을 걷고 우리는 지리산 노고단으로, 대구의 추억 어린 골목길로 다니면서 순수했던 지난날의 회포를 맘껏 풀었다.

나는 은빛 머리 출렁이고 친구는 얼굴 면적이 많이 넓어져, 세월의 나이테를 지울 수는 없다. 친구는 아들 장가보내고 요즘 손녀 보는 재미(?)에 푹 빠져 있는 것 같다. 특별한 일 없이 달려가는 세월에 짧아지는 우리의 인생길이다. 사는 게 바빠서 자주 소식은 못 전하더라도 늘 마음에 소중한 친구로 가슴에 품고 있는 우리들이었으면 좋겠다. 친구야, 좀 더 자주 소식 전하며 살자. 살날이 얼마나 남았다고. 우리 두 가족 함께 환상적인 캐러비언 크루즈 여행을 떠나지 않을래?

ps. 최근 친구와 나는 카톡으로 실시간 서로 대화를 나누고 있다.

What a wonderful world!!

패셔니스타

다른 사람들의 스타일과 자신에 대한 영향력을 이용하되
완전히 독창적인 표현 양식을 찾아내어
진정한 자기만의 목소리를 내는 것이 중요하다.

– 밀러 –

옷을 어떻게 입느냐에 따라 그 사람의 이미지가 많이 달라질 수 있다. 같은 옷을 입더라도 이왕이면 멋있게 옷을 입을 수 있다면 얼마나 좋을까. 사람들은 멋지게 차려입기 위해서 옷에다 많은 돈과 시간을 투자하고 있다. 명품 하나를 사기 위해 과다한 출혈을 감행하는가 하면, 명품을 카피한 옷들, 소위 짝퉁들도 인기 상한가다.

대학 다닐 때 토마스 카알라일이 쓴 『의상철학』이란 책을 읽은 적이 있다. '옷에 무슨 철학이 있다는 거야?' 하며 책을 집어 들었고, 나는 바로 그 의상철학의 나라로 빠져 들어간 적이 있다. 즉, 어떻게 옷을 입느냐에 따라 그 사람을 대하는 상대의 태도가 달라진다는 내용이었던 것 같다. 당시에는 옷이 신분을 나타내는 중요한 수단이었을 것이다.

요즈음에는 옷만 보고 그 사람을 판단하기는 쉽지 않다. 옷에 대한 개념이 바뀐 것이다. 양복만이 꼭 정장이라는 개념도 깨어진 지 오래다. 젊은이에게는 청바지가 넥타이를 대신한다는 말이 있고, 또 그렇게 받아들여지고 있다. 내가 젊을 때는 청바지 하나만 있으면 사시사철을 날 수 있었는데 지금은 아니다. 청바지의 변신이 얼마나 무궁한지, 내가 가지고 있는 청바지만 해도 족히 열 개는 넘는 것 같다.

2010년 가을에 나는 한 젊은이와 친구가 된 적이 있다. 그 친구는 옷 가게를 하고 있는 노총각 사장이었고, 나의 아내와 나는 그 집의 옷을 구경하는 단골손님이었다. 그 친구는 지금 홍콩으로 떠나 소식도 감감하지만, 그 친구 때문에 나의 헤어스타일이 변신하게 되었다. 젊은 사장 왈, "교수님 흰 머리는 너무 멋있는데 머리 스타일은 새마을 지도자 같아요."

미장원에 가서 우리 두 사람이 머리 깎던 날, 미장원 원장에게 영화배우 조지 클루니를 사진을 보여 주며 내 머리 모양을 조지 클루니 머리 스타일대로 깎아 달라고 주문하였다. 처음엔 나도 꽤 어색했고 나의 아내도 깜짝 놀라 뒤로 넘어갔지만, 자의 반 타의 반으로 나의 무궁한 변신이 시작되었다. 남자의 변신은 유죄일까, 무죄일까.

헤어스타일의 변신은 주위 사람들에게 적지 않은 충격을 주었다.

그 나이에 어떻게 그런 변신을 할 수 있는지 사람들은 저마다 입방아를 찧어 댔다. 베컴 머리라니, 아톰 머리라니, 머리에 폭탄을 맞았느냐, 머리는 왜 빗지 않았느냐, 머리는 매일 아침 미장원에 가서 만지느냐, 사모님이 해주느냐는 등 관심을 표시하기 시작했다.

조지 클루니 같다는 말이 나오지 않는 것은 내 얼굴이 조각미남인 조지 클루니와는 너무 동떨어졌기 때문일 거라는 생각에 조금은 씁쓸했다. 하지만 그 순간은 쏜살같이 지나갔다. 처음엔 나도 좀 쑥스럽기는 했지만 '다들 저마다 바쁜데 날 쳐다보기나 하겠어?'라는 배짱이 생겨났다. 얼마 되지 않아 내 헤어스타일은 나의 캐릭터가 되어 버렸다.

머리 스타일이 바뀌니, 자연히 옷도 거기에 맞춰 입어야 했다. 어느 날 주위의 내 친구들을 보니 영락없는 영감탱이의 모습이었다. 옷은 헐렁하고 구두는 뒤축이 다 닳아서 머리는 숭숭 빠지고 배는 앞산만큼이나 볼록한 모습들이라니. 나는 저런 모습으로는 도저히 젊은 대학생 놈들과 어울릴 수 없을 것 같았다. 전형적인 영감 스타일, 아니 꼰대 스타일을 벗어나야 되겠다는 생각이 들었다.

스타일리시한 옷을 입기 위해서 먼저 몸을 만들지 않으면 안 되었다. 아무리 좋은 옷을 입더라도 인격(배)이 넘쳐서는 폼이 나지 않을 것은 뻔한 일이었다. 그래서 배둘레햄을 줄이는 노력을 한 결과 상당한 효과를 보았다. 그리고 몸에 꼭 맞는 옷을 찾아 입기 시작했다. 전에는 여유 있는 옷, 넉넉한 옷을 입지 않으면 안 될 것 같았는데 꼭 맞는 옷이 오히려 더 편하게 느껴졌다. 이전에 입던 옷을 입으니 내

옷 같지 않고 완전 도포자락을 걸친 느낌이었다.

전에는 검정색이나 회색 같은 색깔의 옷을 입는 것을 선호했는데, 천연색의 옷에 눈을 뜨기 시작했다. 잡지나 드라마에 나오는 옷 잘 입는 친구들도 눈여겨보게 되었고, 패션쇼에도 관심을 갖게 되었다. 온 스타일 방송도 틈이 나면 챙겨 보게 되었고, 가방이나 소품도 명품이 아니라 독특한 스타일 위주로 보게 되는 안목이 생기기 시작했다. 이건 순전히 나의 주관이긴 하지만 말이다.

사람들은 나를 어떻게든 잘 알아본다. 식당 주인이든 가게 사장이든 한번 만났던 사람들은 쉽게 나를 알아본다. 헤어스타일만 바뀌어도 사람들은 독특하게 인지하나 보다. 그런데 거기에 더해 젊은 취향의 옷을 입는 나에게 쏟아지는 학생들의 관심은 뜨겁다. '교수님 짱', '내 스타일'이라고 바리바리 문자를 날려 준다. 학생들의 인기투표에서도 나는 엄연하게 패션니스타로서 톱에 랭크되어 있다. 또 주위에서도 나처럼 변신하고 싶지만 그렇게 할 수 없는 머리숱과 신체조건 때문에 부러워하는 사람이 없지는 않을까?

옷이 날개라는 말이 있다. 사람들은 옷을 잘 입기 위해 무척이나 많은 노력을 쏟는다. 옷을 잘 입기 위해서는 옷에 대한 기본 감각이 있고 센스가 있어야 한다. 나는 내가 옷을 잘 입는다고 생각하지는 않는다. 주위와 상황에 맞는 옷을 입으려고 세심하게 노력을 한다. 정장을 입어야 할 상황에서는 멋지게 정장을 차려 입고, 캐주얼이 필요한 상황에서는 재미있게 옷을 매치해 입는다. 어중간한 이도 저도 아닌 옷차림은 최대한 배제하려고 애쓴다.

한때는 명품을 찾았지만 이젠 세상에 하나밖에 없는 옷, 나만을 위해 디자인된 옷을 입고 싶다. 나이는 숫자에 불과하다는 것을 옷으로나마 표현할 수 있다는 것은 나에게 큰 행운이다. 일단은 튀고 볼일이다. 튀지 않으면 조용히 사라질 뿐이라는 말이 있다. 패션니스타에게나 세상 모든 이치에 통하는 말이 아닐까.

Distinct or Extinct?

4

붉은 장미의

도시

오로지 한 가지 여행만이 있다.
내면으로의 여행이 바로 그것이다.

– 라이너 마리아 릴케 –

붉은 장미의 도시

모든 사람이 평화를 갈망하지만,

평화를 이루고자 노력하는 사람은 매우 적다.

- 토마스 아켐피스 -

이집트에서 이스라엘로 들어가는 국경 초소는 경비가 삼엄하기 그지없다. 깐깐한 이스라엘 여자 국경 수비대원들의 검은 안경 속에 날카로운 눈빛이 괜히 사람을 긴장하게 한다. 조국의 안녕을 위해 철저하게 검색하는 일이라는 생각을 하자, 긴 줄로 사람을 기다리게 하는 까다로운 입국절차도 이해되기 시작했다. 두 시간 넘게 지체된 입국수속을 밟고, 버스로 조금 이동하여 다음 성지순례 할 국가인 요르단으로 넘어갔다.

벌써 날은 어두워져 밖은 볼 수 없었지만, 군데군데 어렴풋이 커져 있는 불빛들은 마을인 듯하다. 요르단은 중동국가에서 유일하게 석유가 나지 않고, 전 국토의 80%가 사막과 불모의 산으로 되어 있는 나라이다. 피로에 잠깐 졸았는지 어느새 버스는 우리가 묵을 호텔 앞에 도착하였다. 늦은 저녁 식사를 하고 여장을 풀면서, 내일은 '세계의 7대 불가사의'라고 불리는 페트라를 구경한다는 생각에 벌써부터 마음이 설렌다.

페트라는 '바위'라는 뜻으로, 우리에게는 알 카즈네로 잘 알려진 고대도시 국가의 유적이다. 영국의 BBC는 페트라를 죽기 전에 꼭 봐야 할 50곳 중의 하나로 선정하였고, 그중에서 16번째로 순위를 매긴 바 있다. 영국의 시인 윌리엄 버건은 '영원의 절반만큼 오래된 장밋빛 같은 붉은 도시'라고 노래한 바 있다.

페트라는 요르단의 남부에 위치해 있으며, 사막이 끝나는 해발 950m의 고원에 건설된 고대 도시국가였다. 이곳은 향료 무역으로 번성한 아랍계 유목민인 나바테안이 건설한 것으로 알려져 있다. 2세기경 로마인들이 페트라를 함락시키기 위해 갖은 방법을 동원하였지만, 함락시키지 못하자 수로를 끊어 점령했다고 한다. 6세기경 대지진으로 페트라는 천년이란 긴 세월 동안 땅 속에 묻히어져 있다가, 1812년 스위스 탐험가 요한 부르크하르트에 의해 다시 발견되었다.

페트라 여행은 관문도시인 와디무사에서 시작되었다. 페트라 입구에는 많은 관광기념품 가게들이 여느 곳과 마찬가지로 줄지어 서 있었다. 그뿐만 아니라 페트라를 보기 위해 몰려온 각국의 여행객들로 붐벼서 발 디딜 틈이 없었다. 요르단 현지 한국인 가이드의 간단한 설명을 듣고 우리들은 신비의 도시 페트라로 빨려 들어갔다. 멀리 붉은 산들이 보이기 시작했고, 다양한 형태의 바위들이 내 앞을 가로막는다.

지진으로 생겨난 좁고 가파른 바위협곡이 나타났다. '시크협곡'이란다. 붉은 바위들이 태양의 각도에 따라 형형색색으로 색깔을 바꾼다. 기이한 모양의 바위들이 걸음을 멈추고 사진을 찍으라고 자꾸만 유혹한다. 사람을 피하여 사진을 찍으려니 여간 힘든 게 아니다. 협곡에 있는 바위의 키 높이에는 수로의 흔적이 남아 있고, 대상의 낙타와 사람을 새긴 부조도 보인다. 뒤로 돌아보니 두 사람이 껴안고 키스를 하는 바위도 있고, 주위엔 아기 코끼리를 닮은 바위도 있다.

정신없이 구경하며 한참을 걸어가니 드디어 알 카즈네가 나타났다. 대지진에도 무너지지 않고 그대로 보존될 수 있었던 것은, 큰 바위산을 깎아 내어 조각하듯이 건물을 만들었기 때문이란다. 고대인들이 건설 장비도 좋지 않았을 텐데 어떻게 산을 깎아 저렇게 아름다운 건축물을 만들 수 있었는지 생각하니 놀랍기 그지없다. 그래서 불가사의라 하나 보다. 알 카즈네는 BC 1세기의 헬레니즘 양식을 닮은 건물로, 너비가 30m이고 높이가 43m라고 한다. 기둥의 장식과 균형의 조화가 너무 아름다워 황홀하기 그지없다.

사람들은 모두 알 카즈네를 배경으로 사진을 찍고 있다. 알 카즈네를 잘 나오게 사진을 찍고 싶지만 쉬운 일이 아니다. 가이드는 알 카즈네가 잘 나오는 포인트에 우리 부부를 세우고 사진을 찍어 주며 엄지손가락을 치켜세운다. 여기가 바로 〈인디애나 존스 3, 최후의 성배〉에 나오는 보물이 있는 곳이다. 실제로 알 카즈네의 뜻이 '보물창고'이지만, 이곳은 나바테안 아테라스 3세의 무덤이란다. 아마 우리나라 신라인의 무덤처럼 값진 보물을 무덤에 가득 넣어 놓지는 않았을까?

알 카즈네를 뒤로하고 조금 걸어가니 일단의 무덤이 보인다. 왕실 무덤이란다. 곳곳에 동굴로 보이는 곳들이 많이 보인다. 그 당시 사람들이 살던 곳이란다. 큰 동굴도 있고 작은 동굴도 있고 크기가 매우 다양하다. 오른쪽에 보이는 가파른 언덕을 40분쯤 올라가니 페트라의 전경이 한눈에 들어온다. 바위산을 통째로 깎아 만든 원형극장이 제일 먼저 눈에 들어온다. 8천 명을 수용했다니, 그 당시 8만여 명의 사람들이 이곳에 살았을 것으로 추정된단다. 온통 붉은색의 암반이 눈앞에 보인다. 그리고 목욕탕과 왕궁 등 여러 용도로 사용했던 건축물들도 보인다. 언덕 뒤쪽에 있는 그 당시 집안을 들여다보니 바위에 새겨진 무늬가 붉은 장미꽃보다 더 아름다운 것 같다.

페트라는 아직도 개발 중이란다. 지금까지 전체의 4분의 1만큼 발굴되었다니, 그 규모가 엄청났음을 미루어 짐작할 수 있다. 언덕을 내려오니 낙타 주인들이 걷기에 불편한 사람을 호객하고 있다. 길옆에 녹색나무라 하기엔 뭔가 부족하고 풀이라고 하기에도 딱히 적당하지 않는 잡목이 있어서 무슨 나무냐고 가이드에게 물어보니 로뎀나무라 한다. 광야에서는 저런 나무 밑에서도 햇빛을 가리고 쉴 수 있다고 생각하니, 세상이 얼마나 상대적인지를 생각하게 한다. 시크 협곡을 돌아 나오는 길은 아침 일찍 보던 경관과는 너무나도 다르게 보인다. 오랜 세월 바위는 바람에 깎이고 태양의 각도에 따라 바위 색깔들의 변화가 무궁무진하고 놀랍기 그지없다.

　붉은 장미의 도시, 페트라여! 영원의 절반을 넘어 영원하기를 소원한다.

플라멩코

대가가 되려면 시간이 걸린다.
당신은 연습하고, 연습하고, 연습해야 한다.
당신은 꾸준히 사용하고 고쳐 나감으로써
자신의 기술을 연마해야 한다. 전문기술, 통찰력,
그리고 지혜를 생산해 내는 경험의 깊이와 폭을
얻으려면 수년간의 세월이 걸린다.

– 잭 캔 필드 –

음악과 춤은 인생의 희로애락을 나타내는 예술이다. 나는 2011년 스페인의 남부지방 안달루시아를 여행하는 행운을 가졌다. '안달루시아' 하면 제일 먼저 떠오르는 것이 플라멩코 춤이다. 산티아고 순례길을 걸은 후 저가항공 라이언에어를 타고 밤늦게 세비야공항에 도착하였다. 난생 처음 타 보는 저가 항공은 탑승게이트를 다섯 번이나 바꾸고 시간도 지키지 않았다. 저가 항공은 기내 서비스에서 일반 항공과는 너무나 다른 새로운 경험을 나에게 선사하였다.

예정보다 두 시간이나 늦게 도착한 비행기에 대해 한마디 항변도 못하였다. 왜냐하면 저가 항공이었으니까. 그저 무사히 도착한 것에 대해 안도의 한숨을 쉬며 감사할 처지라니. 자국인들은 자못 흥분되는지 환호를 하며 박수를 치고 있다. 저가 항공은 역시 저질이었다. 여행은 때로 예상치 못한 상황의 연속이다. 택시를 타고 심야요금을 지불하며 예약된 사마이 호스텔에 도착하여 여장을 푸니, 밤은 익을 대로 익어 식어 가고 있었다.

다음 날 아침 우리 일행은 세비야 대성당을 구경하기로 하였다. 성당으로 가는 시내 곳곳에 붙어 있는 플라멩코를 추는 집시들의 포스터가 너무 강한 인상으로 다가왔다. 간혹 TV에서 보았던 그 모습 그대로였다. 우리는 저녁에 플라멩코 공연을 보기 위해 플라멩코 전문 극장에 예약을 했고, 저녁시간이 오기만을 기다리고 있었다.

우리 민족은 오래전부터 음주가무를 즐겼다는 기록이 역사책에 나온다. 나는 디스코텍에 가서 몸을 흔든 것 이외에 정식으로 춤을 배워 본 적이 없다. 대학 다닐 때 포크댄스를 추었지만, 지금은 가물가물하기만 하다. 요즈음 학생들과 각국의 민속춤을 추고 있지만 그 동작은 아주 단순한 동작의 반복이다. 민족의 전통을 전승하기 위하여 각국에서는 민속춤이나 무예를 교육 과정에 넣는 경향이 늘어나고 있다니 고려해 볼 만한 일인 것 같다.

저녁을 먹고 꼬불꼬불한 골목길을 따라 우리는 플라멩코 극장에 도착하였다. 극장이라고 해 봐야 고작 20명, 많아야 30명을 수용할 수 있는 공간이었다. 극장이라고 하기에는 뭔가 초라한 느낌이 들었다. 상그리아 음료수 한 잔을 서비스 받으며, 관객들이 무대를 둘러싸고 자리에 앉았다. 중앙에 놓인 무대는 판자를 20㎝ 정도 높이로 짜 맞춘 것이었다. 게다가 무대의 크기도 가로세로 3m 정도 될까 말까 하였다.

한참을 기다리니 남녀 무용수와 기타리스트, 가수 이렇게 네 명이 들어왔다. 플라멩코라고 하면 플라멩코 음악과 무용을 지칭한다. 음악은 '칸타 플라멩코'라 하고, 무용은 '바일 레 플라멩코'라 한다. 즉, 플라멩코 댄스에는 플라멩코 음악이 있어야 한다. 플라멩코 음악은 기타를 치는 기타리스트와 노래를 부르는 가수가 함께 무용수들에게 생음악을 제공하고 무용수들이 열정적으로 춤을 추는 것이다.

기타리스트가 손가락으로 현을 뜯어 잔잔한 가락을 공중에 띄운다. 거기에 맞춰 가수는 구슬프게, 때로는 격정적으로 노래를 부른다. 먼저 여자 무희가 화려한 화장에 커다란 물방울무늬의 옷을 입은 채 춤을 추기 시작하였다. 때론 부채를 사용하면서 뾰족한 구두 뒤축으로 판자를 다닥다닥 두드리며 춤을 춘다. 서서히 춤사위가 빨라지면서 화려한 동작으로 관객들의 시선을 사로잡는다.

플라멩코는 정열의 춤이다. 여자 무희의 춤이 끝나자, 남자 무용수가 춤을 추기 시작한다. 가수의 노래가 심금을 울린다. 거기에 기타리스트의 손놀림이 더욱 빨라진다. 여자 무희가 화려하고 아름답게 춤을 춘다면 남자 무용수는 정열적으로 온몸으로 춤을 춘다. 얼마나 빨리 춤을 추는지 발이 잘 보이지 않는다. 구두 뒤축으로 판자를 두드리는 소리가 내 가슴을 쿵쾅쿵쾅 두드리는 것 같다.

강약을 달리하며 추는 춤은 우리를 무아지경 속으로 빨아들였다. 나를 쏘아보는 무용수의 강렬한 눈빛이 고압전류처럼 내 온몸을 감전시켰다. 무용수의 온 얼굴과 몸이 땀으로 뒤범벅되었다. 아니, 땀이 강물처럼 흘러내린다. 얼굴을 좌우로 돌리며 춤을 출 때마다 관객 쪽으로 땀이 튕겨져 날아온다. 무용수의 격한 호흡이 얼굴에 확확 전달된다.

플라멩코 춤을 보면서 왜 이 춤이 정열적인지가 가슴에 확 와 닿는다. 좁은 공간에 무용수와 기타리스트, 가수의 공연을 관객이 숨을 죽이고 보는 공연은 순식간에 지나갔다. 특히 남자 무용수의 춤이 압권이다. 지금까지 '플라멩코' 하면 여자 무희를 떠올리곤 했는데 정열의 파워는 남자에서 나옴을 느꼈다.

집시들의 고달픈 애환을 달래기 위해 발전된 춤이 오백년이란 세월 속에서 하나의 독특한 문화를 넘어 예술로 정착되었다. 세계의 많은 사람들이 플라멩코 춤을 보기 위해 스페인으로 여행을 오고 있다고 한다. 스페인의 안달루시아 지방은 플라멩코의 고향이다. 그들의 춤을 다 이해할 수는 없지만, 플라멩코를 보고 난 뒤의 느낌이 너무나 강렬해 플라멩코가 뇌에 크게 각인되고 있다.

극장을 나서서 호스텔로 돌아오는 길가 식당에는 사람들로 넘친다. 뜨거운 태양을 피해 이제 슬슬 기동을 하는 스페인 사람들과 여행객들이 식당에서 삼삼오오 서로의 우정을 맥주잔에 섞고 있다. 밤 10시가 다 되었는데 식당마다 손님들의 왁자지껄한 목소리가 합창을 이루고 있다. 우리도 거리의 테라스 식당에서 튀김요리를 주문했다. 작은 오징어와 다양한 물고기 튀김들이다. 밤이 무르익는 만큼 행복도 익어 가는 타향의 밤하늘에 달빛이 푸르다.

튤립의 본적

모란이 피기까지는 / 나는 아직 나의 봄을 /
기다리고 있을 테요 / 모란이 뚝뚝 떨어져 버린 날 /
나는 비로소 봄을 여읜 / 설움에 잠길 테요
- 김영랑, 모란이 피기까지는 -

모든 꽃은 아름답다. 모두가 꽃을 좋아하며 아름다운 꽃을 보면 감
탄사를 연발한다. 당신은 어떤 꽃을 좋아하는가? 나는 지난 7월 초에
터키를 여행하면서 튤립 문양이 새겨진 예쁜 접시 두 개와 사발 두
개를 사 왔다. 접시를 보는 순간 그 화려한 색상에 마음을 홀딱 빼앗
겨 도저히 안 사고는 못 배길 것 같았다. 그래서 와이프를 꼬드겨 일
을 저질렀다. 여행을 하더라도 될 수 있으면 물건을 사지 말자는 금
기를 깨고서 말이다.

'튤립' 하면 네덜란드를 연상한다. 아마 네덜란드의 국화가 튤립이라고 많은 사람이 믿고 있을 것이다. 그런데 알고 보니 튤립의 본적은 터키이고, 터키의 국화가 튤립이라는 사실을 이번 여행을 통해 알게 되었다. 오스만 튀르크시대에 술탄의 사랑을 받은 이 꽃은 터키의 국화가 되었단다. 아마 꽃 모양이 왕관처럼 생겨서 왕들이 좋아했나 보다.

튤립이 어떤 경로로 유럽에 전해졌는지 정확히 알 수는 없다. 일설에 의하면 무역하는 사람들이 전했다 하기도 하고, 터키를 방문한 네덜란드 사신이 선물로 받아 갔다고도 한다. 그런데 그 당시 튤립 구근 1개 값은 우리의 상상을 초월하는 정도였다고 한다. 마차 1대와 말 두필에 상당하는 값으로 바꿀 수 있었다니, 튤립이 정말 귀하긴 귀했나 보다.

터키는 우리나라와는 형제의 연을 맺고 있다. 고대사에 나오는 돌궐, 튀르크, 터키의 변천을 생각해 보면 알 수 있을 뿐만 아니라 역사적으로 고구려와 굉장히 밀접한 관계를 맺었던 것을 알 수 있다. 그래서 6·25 때도 형제의 연을 소중히 하여 한걸음에 달려왔으며 미국, 영국 다음으로 많은 파병을 했다고 한다. 하여튼 우리나라 역사에는 터키(돌궐)가 다루어지지 않고 있지만, 터키의 고대사에서는 고구려가 중요하게 다루어진다니 아이러니하다. 그뿐만 아니라 가이드의 말에 의하면, 터키에서 한국인에 대한 정책이 다른 민족과는 달리 매우 우호적이라고 한다.

봄마다 피어나는 튤립을 보면 화려한 색깔과 모양이 너무나 아름답다. 세계의 모든 나라에는 튤립축제가 있다. 이스탄불의 튤립축제에는 800만 송이의 튤립을 심는다 한다. 도심의 곳곳을 수놓은 튤립, 생각만 해도 그 화려함이 극치에 다다를 것 같다. 나는 용인의 에버랜드 튤립축제는 보지 못했지만 미국의 오리건 주 우드번의 광활한 평야에서 수만 송이의 튤립을 보고 감탄한 적이 있다.

튤립의 꽃 색깔은 정말 다양하다. 최근에는 더 많은 잡종을 만들어 내니 상상할 수 없는 색깔의 꽃들이 있는 것 같다. 당신은 어떤 색깔의 튤립 꽃을 좋아하시는지? 빨강 튤립은 사랑의 고백을, 노랑 튤립은 바라볼 수 없는 사랑을, 흰색 튤립은 실연을, 보라색 튤립은 영원한 사랑을 나타낸다는 꽃말이 있다. 이참에 나름 좋아하는 꽃 색깔을 한번 정해 보는 것은 어떨까.

내년 봄에는 튤립을 한 뿌리 사서 화분에 심든지 아니면 사랑하는 그이와 함께 튤립축제에 가서 맘껏 튤립을 감상해 보고 싶다. 짧은 인생에 좋은 경험을 수놓는 것만큼 행복한 게 어디 있을까? 튤립왕관을 머리에 쓰고 근사하게 폼을 잡거나, 꽃 속에 파묻혀 행복한 순간을 새겨 보고 싶다.

인생은 한 송이의 꽃과 같다는 비유를 많이 한다. 씨앗을 심으면 잎이 나서 꽃을 피우고 열매를 맺는다. 어느 한순간이 중요하지 않겠느냐마는 그중에서도 꽃은 영화를 나타낸다. 꽃은 아름답지만 쉬이 시들어 버린다. 그래서 열흘 붉은 꽃 없다고 했던가. 우리 인생의 꽃도 잠시 동안일 가능성이 많다. 아름답게 인생을 꽃피우지만 거기에 연연해하지는 말자. 인생은 너무나 덧없으니까.

나는 터키에서 공수해 온 두 점의 튤립 접시를 보며, 향기와 생생함은 없지만 화려한 튤립을 매일 행복하게 감상하고 있다. 나에게 주어진 예쁜 튤립을 감상하는 것이 대단한 사치라고 생각하면서.

오페라 하우스와 하버 브리지

아름다운 바닷가에 / 소라집 한 채

- 이영철, 오페라 하우스 -

언젠가는 꼭 한번 호주의 오페라 하우스에 가 보고 싶다는 소망을 품은 적이 있다. 2000년도에 교육대학원생들이 장식용 시계를 하나 선물해 주었는데 왼쪽에는 시계, 오른쪽에는 멋진 오페라 하우스의 사진이 들어 있었다. 나는 오페라 하우스의 사진을 보면서 언젠가는 호주로 여행 가는 꿈을 꾸곤 했다.

인생은 꿈꾸는 자의 것이라는 누군가의 말처럼 2003년 우리 대학의 글로벌 프로젝트의 일환으로 학생들과 함께 호주로 가는 행운이 나에게 찾아왔다. 우리 팀은 호주의 통합교육 현황을 알아보고 배우자는 내용의 프로젝트를 써서 당당히 호주를 여행할 수 있는 기회를 얻게 된 것이었다. 우리 팀은 여학생 4명과 남학생 1명으로 구성되어 있었다.

우리나라는 여름인데 지구 반대편인 호주에서는 겨울이 시작되고 있었다. 하지만 그렇게 춥지는 않았다. 우리는 멜버른으로 입국하여 남부에 있는 애들레이드대학교를 방문하고 시드니로 갔다. 애들레이드에서 시드니로 가는 길은 멀고도 멀었다. 아침 10시에 그레이하운드 고속버스에 몸을 실었는데, 그다음 날 12시가 넘어서야 시드니에 도착할 수 있었으니 장장 스물여섯 시간을 고속버스에 앉아 있었다. 계속해서 〈타이타닉〉을 틀어 주던 기사 아저씨들, 네 번이나 기사를 교체해 가며 버스는 하염없이 북쪽으로 달렸다. 지금까지 머리털 나고 가장 오래 버스를 탔던 것으로 기억된다.

우리는 시드니의 초등학교 통합교육이 어떻게 이루어지는지 보기 위해 두 곳의 초등학교를 방문한 후 시드니 시내 관광을 나섰다. 우리 모두의 첫 번째 방문지는 두말할 것도 없이 오페라 하우스였다. 파란 바다를 배경으로 하얀 소라를 엎어 놓은 듯한 오페라 하우스는 크기와 규모에서 우리를 놀라게 했다. 그뿐만 아니라 최적의 환경으로 오페라를 감상할 수 있도록 설계된 그 섬세함에 감탄하지 않을 수 없었다.

세계의 많은 나라 사람들이 오페라 하우스를 배경으로 사진을 찍고 있었다. 어떤 사람들은 느긋하게 앉아서 경치를 감상하고 있다. 우리 학생들도 멋진 자세로 사진을 찍기에 여념이 없다. 생각했던 이상의 감동으로 다가온 오페라 하우스의 위용을 마음에 새기는 가운데 이런저런 각도에서 서로의 사진을 찍어 주는 학생들의 모습이 보기에도 흐뭇하다.

오후엔 크루즈를 하기로 했다. 밀려드는 배고픔을 해결하기 위해 맥도널드 햄버거 가게에서 다양한 햄버거를 시켜 맛있게 먹고 있는데 갑자기 비가 내리기 시작했다. 비가 폭우처럼 쏟아져 내려서 오늘 크루즈는 하지 못할 것 같다는 생각을 하면서 맥도널드에서 천천히 시간을 죽이고 있었다. 그런데 갑자기 하늘이 맑아지면서 축복처럼 햇살이 빛나기 시작했다.

크루즈를 하기 위해 터미널로 갔더니, 이미 사람들로 긴 줄이 늘어서 있었다. 우리는 기다림에도 마냥 신나하면서 우리 차례가 되자 크루즈 배에 올라탔다. 시드니의 역사와 주변 건물에 대해 옛날 쿡 선장의 말투로 안내하기 시작하였고, 일시에 우리는 옛날로 돌아간 것 같은 느낌을 받았다. 간혹 해설사는 유머를 섞어 우리를 재미있게 하였다. 크루즈에서 바라보는 오페라 하우스는 색다른 느낌으로 다가왔다. 오페라하우스는 바다에서 멀리 바라보이는 시드니 시내의 건물들과 함께 멋진 광경을 연출하고 있었다.

크루즈는 만리(Manly)만을 서서히 돌아 달링하버 쪽으로 향했다. 눈앞에 아득한 다리 하나가 공중에 걸려 있다. 하버브리지다. 사람들이 바람이 세차게 불고 있는데도 모험을 하면서 다리 위를 걷고 있다. 보기만 해도 아슬아슬하다. 흡사 우리나라 군인들이 담력 훈련을 하고 있는 듯하다. 하지만 용기 있는 자만이 할 수 있는 멋진 도전이라 생각했다.

석양이 서서히 바다 속으로 가라앉고 있다. 석양을 받은 바다물결이 황금물결로 출렁인다. 황금물결 바다 위에서 바라보는 오페라 하우스, 하버브리지, 달링하버는 동화 속에 나오는 꿈의 궁전 같다. 오늘 이렇게 아름다운 광경을 볼 수 있는 순간을 허락하신 하나님께 감사하는 마음이 가슴 깊은 곳에서 몽실몽실 피어오른다.

사랑하는 그이와 함께할 수 없다는 사실이 아쉽고도 아쉬울 뿐이다. 후일 만난 호주의 한 할머니는 황홀한 금빛 저녁놀 속의 달링하버 광경을 볼 수 있는 사람은 정말 소수에 불과하다며 엄지손가락을 치켜세웠다. 우리들이 큰 행운을 잡은 거라며.

이곳 사람들은 귀엽고 앙증맞은 포구를 '달링하버'라고 이름 지었다. 언제 들어도 언제 불러도 귀에 쏙 들어오는 느낌으로 말이다. 달링하버에 서서히 어둠이 깔리자 수많은 레스토랑에 하나 둘씩 켜지는 네온불빛들이 아름답고 사랑스럽다. 달콤한 불빛 사이로 연인들이 걷고 있다. 손을 마주 잡은 연인, 서로 허리를 팔로 감은 연인, 어깨동무를 한 연인들, 사랑의 축제는 오늘 밤도 계속되리라.

여객선 터미널로 향하는 배 위에서 바라보는 시드니의 야경도 한결 멋지다. 대형 건물들이 하나둘 반짝이는 네온사인 꽃을 피웠다. 눈앞에 커다랗게 'SAMSUNG'과 'LG'라는 로고가 눈에 확 들어왔다. 이국땅에서 우리나라 기업의 로고를 보는 자랑스러움과 감회가 또 다른 감동이다. 어느새 하버브리지도 조명등을 달고 하늘을 수놓고 있었고, 오페라하우스도 밤의 무대에 맞게 빛나는 옷으로 갈아입었다.

꿈을 꾸고 그것을 이루는 것이 인생인 걸 몸으로 깨닫는 순간이다.

하지만 우리는 늘 불안해하며 걱정을 달고 산다. 오늘 이 느낌으로 인생의 아름다운 순간들을 하나하나 만들어 나가자. 시드니의 아름다운 오페라하우스와 하버브리지, 사랑의 달링하버, 영원히 잊지 못할 순간의 행복이여!

표류(漂流)

우리는 삶을 누리고 놀이를 하기 위해 이곳에 왔습니다.

그것도 일평생 동안. 흔히들 잘못 생각하고 있지만,

놀이는 아이들만의 소일거리가 아닙니다.

그것은 모든 생명을 가진 존재의 생명력입니다.

- 귀블로 로스, 인생수업 -

　여름방학을 맞아 중국으로 여행을 왔다. 이름도 생소한 섬서성이
란 곳으로. 하지만 한곳의 지명만 말하면 '아하, 그곳!'이라며 알아차
릴 것이다. 진시황 병마총이 발굴된 도시, 그곳은 서안(西安)이 있는
성의 이름이다. 서안은 많은 유적과 유물을 가지고 있는 역사적인 도
시였다. 그중에서도 진시황 병마총이 유명하고, 당태종과 양귀비의
로맨스가 가슴 아픈 곳이기도 하다.

나는 패키지로 4박 6일 일정의 서안을 여행팀들과 함께 구경하였다. 패키지여행이 끝나는 날, 우리 학과에 유학 온 학생들을 만나 중국의 몇 곳을 더 여행할 계획을 세웠다. 그 여행 계획 중 한 곳이 섬서성 남쪽에 있는 진사협곡의 1박 2일 여행이었다.

　아침 일찍 중국 국내 여행사 버스를 타고 진사협곡으로 출발했다. 서안의 남쪽 외곽을 벗어나자마자 바로 산들이 나타났다. 가도 가도 끝없는 옥수수 밭의 구릉과는 다르게 아름다운 산들과 계곡들이 나타나 흡사 우리나라의 한 곳인 것처럼 느껴졌다. 때로 산촌의 민가들이 정겹고 옛날의 모습을 그대로 간직하고 있는 것 같아 보기 좋았다. 점심때가 다 되어 목적지 모텔에 도착했다. 조그만 시골에 황하 상류의 표류와 진사협곡 트레킹을 위해 모텔이 다닥다닥 모여 머리를 맞대고 있었다.

　편안한 옷으로 갈아입고 침대에 누워 조금 쉬고 있으니 식사를 하라는 전갈이 왔다. 1층으로 내려가 다른 팀들과 함께 식당에서 밥을 먹었다. 밥은 전형적인 시골밥상이었다. 6일 동안 호텔과 여행사 추천의 식당에서 먹은 음식과는 다르게 담백하고 느끼하지 않아서 정말 좋았다. 특히 나물무침들이 맛있어서 많이 먹었다. 거의 한국의 반찬과 같은 느낌을 받았다. 이스트가 거의 들어가지 않은 밀가루 빵과 옥수수 빵, 그리고 나물국도 맛이 있어서 많이 먹고 배부른 자의 행복을 맘껏 누렸다.

　밥을 먹은 다음 황하 상류에서 거의 1시간 이상의 표류를 하기 위한 장소로 이동했다. 처음엔 표류가 무엇인지 전혀 이해가 되지 않았다. 알고 보니 강을 타고 떠내려가는 래프팅이었다. 표류를 하기 위해 많은 사람들이 줄을 길게 서고 있었다. 구명조끼를 지급받아 입고 강가에 나섰다. 표류 고무보트에 8명의 사람이 타고 물길에 보트를 맡기며 하류로 떠내려가는 것이었다. 물은 약간의 황토색을 띠고 있어 말하지 않아도 황하의 상류임을 알 수 있었다. 한 보트 당 노는 두 개, 사공이 한 명씩 배정되었다. 사공이 가진 노는 긴 대나무 장대로, 보트를 밀거나 방향을 잡아 주는 역할을 하였다.

조금 가다 보니까 옆 보트의 사람들은 바가지와 물총을 잔뜩 가지고 타고 있었다. 우리는 그것도 모르고 탔는데 다행히 우리 보트 일행 중의 다른 사람이 물총 두 자루를 가지고 있었다. 배들이 서로 근접하면 물싸움을 하는데, 장난이 아니었다. 서로에게 물총, 바가지, 손으로 상대편 배에 탄 사람에게 물을 뿌려서 옷이 흠뻑 젖게 하였다. 몇 초 간격으로 떠내려가는 배들이 엎치락뒤치락하면서 배가 서로 붙으면 물싸움을 하고, 떨어지면 또 따라붙으면서 물싸움이 아주 흥미진진하게 전개되었다.

처음에는 주택가에서 버린 쓰레기들이 군데군데 보여서 신경이 쓰였다. 더럽기도 하고 혹시 피부병이라도 걸리지 않을까 걱정도 하였다. 그런데 물은 흘러가면서 스스로 정화작용을 하는 듯 강물은 하류로 내려갈수록 깨끗하여졌다. 따가운 햇볕을 받으며 물길에 따라 이리저리 배가 요동치며 떠내려갔다. 물살이 거칠거나 유속이 빠른 곳에서는 모두들 고함을 질러댔다. 조금 가니 다들 익숙하여져서 물결이 잔잔한 곳이나 물이 느리게 흐르는 곳은 따분해하였다.

중국 내륙의 깊숙한 곳에서 중국인들과 섞여 오늘은 멋진 체험을 하였다. 중국 사람들을 보면서 우리나라 사람들과는 조금 다른 느낌을 받았다. 우리는 같은 모텔이나 같은 버스 등을 타면 서로 말을 걸기도 하고 어디서 왔는지 물어보며 통성명을 하는데, 이 사람들은 옆의 사람들에게 전혀 관심을 보이지 않았다. 아마 워낙 땅이 넓어서 그런 것 같다고 생각했다. 아니면, 여기서 만났다가 헤어지면 또다시 만날 수 없다는 것을 너무나 잘 알고 있기 때문은 않을까 하고 생각했다.

　끝나 가는 지점이 저 멀리 보였다. 멀리서 사진사가 보트에 탄 우리들을 보며 사진기를 마구 눌러 댔다. 모두들 멋진 포즈를 취하며 순간의 추억을 한 장의 사진에 담는다. 추억을 파는 상술은 정말 기가 막혔다. 트럭들은 뽀얀 시골길을 달리며 쉴 새 없이 구명조끼와 보트를 실어 나르기에 여념이 없었다. 하지만 이곳 중국에서도 체험 관광은 이미 모든 사람이 추구하는 행복 1순위였다.

히말라야 파노라마

항상 더 큰 것을 위해 내 마음속이 요동치고 있다.

그것이 목표이든 또는 무엇이든 간에.

나를 언제나 흥분하게 하는 그 무엇은 바로

나의 인생을 즐긴다는 것, 나의 가족을 사랑한다는 것,

그리고 나의 일을 사랑한다는 사실이다.

- 도널드 트럼프 -

　하얀 설산, 세계의 지붕 히말라야는 지구촌의 모든 사람이 가 보고 싶은 여행지 중의 하나일 것이다. 초등학교 다닐 때 사진으로 수없이 보아 왔고, 가장 높은 에베레스트 산의 높이가 8,864m라는 것은 상식으로 알고 있는 사실이다. 히말라야에는 8,000m가 넘는 고봉들이 줄지어 머리를 맞대어 있고, 그 광경을 보는 것은 한 편의 장대한 서

사영화, 즉 파노라마를 보는 것과 다름없다.

　나는 운 좋게도 네팔에 갈 수 있는 기회가 두 번이나 있었다. 한 번은 1999년 아시아지적장애연맹에서 주관한 국제학술대회에 참가한 것이었다. 다른 한 번은 2003년 '아이러브네팔'이라고 하는 특수교사들의 국제자원봉사단체에서 가족과 함께한 장애학생지원 사업에 자원봉사자로 참가한 것이었다.

　네팔로 가는 길은 쉽지 않았다. 지금은 네팔로 가는 직항이 있어서 쉽게 갈 수 있지만, 1999년도만 해도 직항이 없어서 방콕이나 홍콩을 경유해야만 갈 수 있는 우리나라와는 아주 먼 상상 속의 나라였다.

　지구상에서 유일하게 장애인 국가는? 네팔, 왜냐하면 팔이 네 개니까 ㅋㅋ 지구상에서 가장 큰 만두는? 카투만두, 네팔의 수도만큼 큰 만두는 없지 ㅎㅎ 이런 하이 센스 수수께끼를 풀어 가며 긴 여정의 시간을 죽이고 있는데, 가끔 네팔항공의 작은 비행기가 공중에서 요동을 쳤다. 심한 기류를 만나면 추락할 수도 있다는 생각에 등줄기에 식은땀이 흘러내렸지만, 우리는 무사히 카투만두 국제공항에 안착했다.

　네팔은 히말라야라고 해도 과언이 아니다. 히말라야는 '눈 덮인 산맥'이라는 뜻이다. '히말'은 '눈 덮인'이라는 뜻이고, '라야'는 '산맥'이라는 뜻이라고 현지인이 귀띔해 준다. 우리가 히말라야산맥이라고 하는 것은 '역전앞'이라고 하는 것이나 다름없음을 알고 피식 웃음이 나왔다. 아침 호텔방의 창문에서 처음 맞이한 히말라야는 장엄한 모습으로 나에게 '반가워, 환영해'라고 인사를 건네는 듯하다.

국제학술대회를 끝내고 우린 잠깐이지만 네팔 여행을 할 수 있는 시간을 가졌다. 그중에 하나가 경비행기를 타고 히말라야를 돌아보는(fling sight) 패키지 프로그램이었다. 패키지는 그 당시 요금이 백 불이었고, 이른 새벽에 공항에 나가 경비행기를 타고 안개가 피어오르기 전에 히말라야의 고봉들을 돌아보는 여정이었다. 우리 일행은 22명이었는데 그중에서 8명이 그 패키지를 선택하였다. 언제 이곳에 와서 히말라야를 볼 것인가 하고 나도 패키지 팀에 합류하였다.

어둠이 내려앉은 새벽에 미니버스를 타고 비행장으로 나갔다. 비행기는 니콘 경비행기로 31인승이었고, 우리 팀과 네덜란드에서 온 관광객 합쳐 27명이 탑승하였다. 기장은 계속 날씨를 체크하였고, 이윽고 우리 비행기는 카투만두 상공으로 솟아올랐다. 서서히 고도를 높이면서 히말라야를 멀리서 볼 수 있는 반대편으로 경비행기는 날아갔다.

히말라야는 신들의 산이었다. 때로는 급변하는 날씨가 사람들을 포용하지 않는다. 사고가 빈번한 이유가 바로 그 때문이다. 10분쯤 날았을까, 기장의 인사 멘트가 스피커를 통해 흘러나왔다. "비행기를 타게 된 용감한 여러분의 열정을 사랑합니다. 웰컴!!" 비행기가 고공비행을 하는 동안 계속해서 히말라야 고봉들에 대한 소개가 이어졌다.

한참 후 세계 최고봉인 에베레스트산이 보이기 시작하고, 승무원이 우리 각자에게 상장 같은 커다란 증명서를 주었는데, 거기엔 "여러분이 용감해서 이 증명서를 드린다."라는 내용과 함께 기장의 사인이 되어 있었다. 비행기를 타는 일이 용감하다는 것은 그만큼 사고의 위험이 크다는 것을 웅변적으로 말해 주고 있었다.

비행기는 에베레스트 산이 지척에 보이는 곳까지 천천히 날아갔다. 그리고 히말라야의 고봉들이 가까운 쪽으로 돌아 날기 시작했다. 시사파아봉, 마나슬루, 마차푸치레, 안나푸르나, 다울라기리의 봉우리들이 제각각 빛나 보인다. 저마다 독특한 모습으로 햇빛을 받으면서 이방인에게 자신의 자태를 뽐내는 듯하다. 한 편의 장대한 파노라마가 펼쳐진다. 파노라마는 시시각각 바뀌면서 영원한 멋진 영상을 나에게 남기고 있다. 오늘 이 순간을 허락하신 하나님께 감사를 드린다.

히말라야의 저 밑 계곡에서 서서히 안개가 피어오른다. 안개가 산을 감싸면 산의 형체는 조용히 안개이불로 자신의 몸을 가릴 것이다. 안개를 피하여 새벽 일찍 나선 오늘의 여정은 대성공이었다. 언젠간 한번은 이루고 싶었던 히말라야를 보는 버킷리스트의 꿈을 성취한 자랑스러운 날이 추억의 앨범에 영원히 저장될 것이다.

색다른 경험은 항상 가슴을 흥분시킨다. 나는 가족과 지인들을 위해 열심히 비디오로 멋진 광경을 찍었고, 후에 편집하여 많은 사람에게 히말라야의 파노라마를 선물하였다. 그뿐만 아니라 용감한 증명서도 비닐 코팅하여 장식장에 넣어두고 그 순간의 추억을 되새기곤 한다. 여행도 인생처럼 일회성이다. 각본도 없는 즉흥적인 생방송이다. 순간에 최선을 다하고 즐기는 것 외에 더한 행복이 어디 있으랴.

살구를 먹으며

나의 살던 고향은 꽃피는 산골 /
복숭아꽃 살구꽃 아기 진달래
- 이원수 -

터키에 여행 와서 길가 과일가게에서 산 살구를 먹는다. 보기에는 맛없을 것 같은 몰골인데, 먹어 보니 꽤 달고 특유의 살구 향기까지 나서 자꾸만 손이 간다. 살구를 먹으니 어릴 적 살구 하나를 주워 먹으려고 물속에 풍덩 뛰어들던 일들이 갑자기 주마등처럼 스쳐 지나간다.

지금부터 50여 년 전 일이니까 옛날이라고 해도 되겠다. 그땐 먹을 것이 왜 그리도 없었던지 세끼 밥만 쳐다보고 있던 시절이었다. 모두가 절대 빈곤 속에 살았으니, 너 나 할 것 없이 모두가 배고픈 시대였다. 긴 겨울이 지나고 봄이 오면 사람들은 모두 다 힘든 춘궁기를 견디어 내야 했다. 요즘 아이들은 춘궁기라는 말을 들어 보기는 할까. 한국, 너무 살기 좋아졌다. 두 손 모아 감사할 일이다.

봄은 온 산하를 화사하게 꽃들로 수놓고 보리밭은 파랗게 물들어 가지만, 사방을 둘러보아도 어디 하나 먹을 것이라곤 찾아볼 수 없는 게 그때 그 시절이었다. 동네엔 다 쓰러져 가는 점방이 있었지만, 눈깔사탕 하나라도 사 먹으려면 돈이 있어야 했기에 그것은 도저히 꿈도 꿀 수 없는 현실이었다.

지금은 천지에 널린 것이 과자요, 냉장고를 열면 먹고 싶은 것 맘대로 골라 먹는 세상이 되었으니, 세상 참 많이 변했다. 아니, 살쪄서 다이어트를 한다고 다들 살과의 전쟁을 치르고 있는 대표적인 나라가 대한민국이다. 우리나라처럼 살기 좋은 나라는 이 세상에 한국밖에 없는 것처럼 느껴지는 게 나만의 생각일까.

내가 살았던 곳은 30여 가구가 오순도순 살아가는 전형적인 시골 마을이었다. 농사지을 땅, 특히 논농사가 대세인 그때는 절대적으로 논이 부족했다. 그뿐만 아니라 과일농사와 밭농사도 마찬가지였다. 왜 그때 사람들은 지금처럼 과실수도 심고 땅도 개간할 줄 몰랐던지 모르겠다. 거기에다 식구는 많지, 끼니마다 먹고 사는 일은 부모님들이 해결해야 할 큰 난제였다. 지금 어른이 돼서 돌이켜 보니 부모님들의 고충을 조금이나마 이해할 것 같다. 먹고 살기 위해서 다들 농촌 대탈출을 시도하지 않았을까 생각한다. 물론 그때 막 시작된 산업화와 함께 맞물려서 말이다.

겨우내 움츠렸던 몸과 마음으로 아지랑이 피어오르는 들판을 달리며 뛰어놀았지만 항상 허기진 배는 달랠 길이 없었다. 쑥도 캐고 달래도 캐고 했지만, 그것은 주전부리와는 거리가 먼 것들이었다. 그러다 보리와 밀들이 누렇게 익어 갈 때면 살구와 철 이른 복숭아가 먹음직스럽게 우리를 유혹하곤 했다.

우리 동네 중간쯤에 동네에서 제일 부자라고 생각되는 C부자가 살고 있었다. 그 집에는 큰 고목의 살구나무가 있었다. 그 살구나무는 반쯤은 집안으로 가지를 드리웠고 나머지 반은 밖을 향해 있었다. 밖으로 난 살구나무 가지 밑으로는 수리도랑 물이 제법 많이 흐르고 있어서 어린 우리에겐 허리 정도까지 물이 찰 정도였다. 그리고 옆에는 큰 배꼽마당이 있어서 동네의 많은 아이들이 그곳에서 놀며 지냈다.

부잣집 아들은 나와 같은 또래였는데, 그때 나에게 살구를 몇 개나 주었는지 정확한 기억은 없다. 아무래도 그 친구는 살구를 실컷 먹었겠지. 그때 살구는 왜 그렇게 맛이 있었던지. 지금 생각해 보니 먹을 것 하나 없는 시골에 봄의 끝 무렵에 먹게 되는 처음 과일이라 그랬을 것 같기도 하고, 그것도 실컷 먹을 수 있는 양이 아니어서 더욱 그랬던 것 같기도 하다. 그보다 진정한 이유는 살구가 집밖의 가지에서 물속으로 떨어질 때 먼저 발견한 사람이 용감하게 물속으로 뛰어들어 건져낸 자만이 먹을 수 있는 최고의 전리품(?)이었기 때문이었던 것 같다. 왜 하필 도랑이 거기를 지나가서 살구 하나를 먹기 위해 온통 옷을 물에 적셔야 했던지, 지금 생각해도 약간은 분한 생각이 든다.

한국에 돌아와서 노랗게 익은 살구를 사서 옛날의 그 맛을 기대하며 한입 베어 물으니, 왜 그리 시기만 한지. 옛 맛의 추억은 날개를 달고 멀리 날아갔네. 입이 너무 고급화되어서 어지간히 맛있는 것 외엔 맛을 못 느끼는 걸까? 터키의 살구는 왜 맛이 있었을까? 아마 건강한 햇빛과 자연을 먹고 자라서일까? 세월의 변화 속에 추억의 살구를 생각하게 해 준 터키의 살구에 감사를 표하지만, 마음 한구석이 개운치 않는 것은 왜일까?

캐나다 로키의 낭만

자연은 모든 것을 아낌없이 주지만 아무것도 잃지 않는다.
사람들은 모든 것을 움켜쥐려고 하지만 모든 것을 잃고 만다.

− 제임스 앨런, 생각한 대로 −

여름방학을 맞아 캐나다 로키(Canada Rocky)를 구경하기로 했다. 인
터넷을 뒤져 밴프(Banff)에 숙소를 예약하고 우리는 미국 오리건 주의
유진에서 밴쿠버를 경유해 캐나다 로키로 여행을 떠났다. 밴쿠버를
한참 지나자 동계올림픽이 열렸던 휘슬러가 나타났고, 고속도로는
산등성이 위로 나 있었다. 고속도로를 달리는 기분이 흡사 비행기를
타고 이륙하는 것 같다.

밴쿠버에서 하루 종일 걸려 드디어 예약된 호텔에 도착하니 저녁 8
시가 넘어가고 있었다. 하지만 아직도 해가 중천에 떠 있는 느낌이

다. 여장을 풀고 수영장에 가서 수영을 하고 나니 10시가 넘었는데, 아직도 해가 지지 않고 있다. 소위 말하는 백야현상이다. 북쪽으로 많이 올라온 게 실감이 난다.

아침에 일어나니 공기가 너무 청량하다. 주변의 산들을 보니 꼭 대기에 하얀 모자를 쓰고 있는 것처럼 보인다. 산의 높이가 거의 3,000m 이상이라 여름인데도 눈이 녹지 않고 멋진 경치를 만들어 내고 있었다. 여유롭게 아침 식사를 해먹고 아메리카 원주민들의 노래를 들으며 숲 속 길을 자동차로 달린다.

나는 자동차를 타고 달리지만 마치 옛날의 원주민이 되어 말을 타고 달리는 것 같다. 휘이 휘이 원주민의 휘파람 소리가 귓가에 맴돈다. 달리는 길에 따라 산들이 멀리, 때로는 가까이 나타나 다양한 풍경을 연출한다.

높은 산악지역이라 호수가 정말 많다. 상식적으로는 낮은 곳에 호수가 많을 것 같은데, 계곡마다 아름다운 호수가 많기도 하다. 에메랄드, 푸른색, 짙은 감청색 등 하나같이 호수물의 색깔이 제각각 아름답다. 계곡을 감싸고 흐르는 에메랄드빛 강물과 때론 하얀 비단을 풀어 걸어놓은 듯 떨어지는 폭포의 물줄기들은 비경임에 틀림없다.

이곳의 주인공이었던 원주민들의 삶을 재현해 놓은 럭스턴 원주민 박물관(Luxton Museum)에 들렀다. 백인들이 이 땅에 오기 오래전에 그들은 로키산맥의 주인공으로서 이 계곡 저 계곡에서 평화롭게 살고 있었을 것이다. 그러나 총기와 바퀴문화에 적응하지 못했던 그들의 삶은 이제 박물관 속에 박제되어 있을 뿐이다. 한때는 멋진 추장으로, 버팔로를 사냥하는 용맹스런 모습으로, 아기를 업은 다정한 엄마의 모습으로, 사랑하는 젊은 연인이었을 그들을 이제 로키산맥 속에선 찾아볼 수 없다. 역사는 정복전쟁으로 얼룩져 약한 자의 슬픔이 때론 나를 눈물 나게 한다.

캐나다 로키의 멋진 장관을 보기 위해 설퍼(Sulpher)산 전망대로 곤돌라를 타고 오른다. 발밑에 멋진 풍광이 펼쳐진다. 이쪽저쪽 보이는 보우계곡(Bow Valley)이 너무 아름답다. 그 속을 흘러내리는 보우강물은 온통 에메랄드 물감을 풀어 놓은 듯하다. 군데군데 폭포들이 있어 더욱 사랑스럽다.

하늘에선 블루 제이(Blue Jay) 새가 즐겁다는 듯 목소리 높여 아름다운 노래를 부른다. 숲 속에선 칩 멍크(일종의 다람쥐로서 몸집이 다람쥐보다 훨씬 작다)들이 요리조리 뛰며 먹을 것을 찾고 사슴들은 우아한 자태를 뽐내고 있다. 가끔 불곰(Brown Baer) 가족들이 어슬렁어슬렁 길가를 배회하며 우리를 보고 인사한다. 캐나다 로키는 살아 있는 자연이고 동물의 낙원임을 실감하면서, 우리는 캐나다 로키 여행의 백미인 루이지 호수(Lake Lousie)를 보기 위해 길을 나섰다.

한참을 서북쪽으로 달리니 루이지 호수를 알리는 팻말이 나왔다. 울창한 숲을 지나 주차장에 주차를 하는데 사람들이 정말 많다. 사람들이 걸어 나오는 방향 쪽으로 길을 가는데 산속에 아름다운 호텔이 하나 보인다. 나중에 보니 레이크 루이지 샤토라는 특급호텔인데 하루 숙박비가 만만치 않다.

호텔 왼쪽에 에메랄드 호수가 눈부신 자태로 모습을 드러내었다.

절로 탄성이 나온다. 높은 산으로 둘러싸인 앙증맞은 루이지 호수는 로키라는 웅장한 산들 속에 있어서 그런지 더욱 사랑스럽고 귀엽다. 우리는 호수 이쪽저쪽을 서서히 거닐면서 에메랄드 호수를 넣고 사진을 찍었다. 호수 둑 맞은편에 높은 산봉우리는 만년설이 덮여 있다. 호수면은 눈 덮인 산과 주변 풍경을 거울처럼 담아내고 있다. 눈에 쏙 들어오는 작지만 정말 아름다운 호수, 세계 10대 절경 중의 하나란다. .

잔잔한 호수면에 사랑스런 보트가 떠다닌다. 우리 가족도 좀 더 낭만을 보태기 위해 보트를 타기로 했다. 서서히 노를 저어 멀리까지 나아가 본다. 그리고 노를 젓지 않고 배를 미풍에 맡겨서 바람결에 따라 자유로이 떠다녀도 본다. 한눈에 들어오는 경치에 눈을 감고 이미지를 다시 그려 본다.

그리고 호수에 살짝 손을 담그니, 눈 녹은 물이라 그런지 차갑기 그지없다. 우리 가족도 예외는 아니지만 지구촌의 많은 사람들이 이 호수를 보기 위해 정말 멀리까지 왔구나. 우리는 마지막 여행 코스인 아이스 필드 빙하를 보기 위해 길을 나섰다. 예쁜 루이지 호수를 눈에 꼭꼭 눌러 담고서.

아이스 필드는 밴프에서 재스퍼로 가는 길에 있는 빙하이다. 오랜 세월 내린 눈이 쌓이고 쌓여서 만들어진 거대한 설원이었다. 눈의 두께가 몇 백 미터나 된다니 도저히 믿기지 않는다. 여름의 한중간에서 끝없이 펼쳐진 하얀 얼음 빙하를 본다는 게 신기하기만 하다.

우리는 큰 바퀴를 단 스노코치를 타고 빙하의 중심부로 접근해 갔다. 빙하 위에 눈들이 여름 태양의 뜨거운 사랑의 자외선에 못 이겨 조금씩 녹아내리고 있다. 쫄쫄 소리를 내며 빙하의 틈새로 눈 녹은 물이 이별의 눈물처럼 흘러내린다. 반바지를 입고 샌들을 신고 설원에서 멋진 폼을 잡고 사진을 찍는다. 이리저리 가족과 손을 잡고 거닐어도 본다. 아무리 봐도 나에게는 신기하기만 한 빙하이다.

로키 산맥은 그야말로 거대한 바위 산맥이었다. 그 속에 군데군데 숨어 있는 비경은 감동을 자아내게 한다. 자연의 경치가 너무나 위대해 보인다. 로키는 인간의 머리와 손으로는 도저히 만들어 낼 수 없는 멋진 걸작임에 틀림없다. 캐나다 로키는 영원히 지워지지 않을 여행의 압권, 그야말로 '짱'이었다.

추억 만들기 여행

여행은 한순간의 추억 만들기 / 한순간의 추억은 엉켜서 /
너와 나의 인생이 되고 / 또 다른 꿈들을 잉태한다
- 이영철, 머그잔을 보며 -

　가족이란 말하지 않아도 서로 통하는 구석이 있다. 다른 사람에겐
늦둥이처럼 얻은 딸이니 어찌 귀하고 사랑스럽지 않을까. 더디게만
커 가던 딸이 중학교에 들어간 뒤부터 몰라보게 변해 갔다. 신체와
정신의 구조와 성장에서 말이다. 예쁘게 말 잘 듣던 시절이 있었는가
하면, 때론 속 썩이고 반항도 했다. 하지만 그래도 무난히 자라 준
딸이 고마울 뿐이다.
　딸은 키우는 재미가 아들과 다르다고 한다. 하지만 아들을 키워 보
지 않은 나로서는 그런 감정을 잘 알지 못한다. 애정 표현을 잘하고

조용하고 깔끔한 딸은 분명히 아들과 다를 것이다. 아들 둘을 키우고 있는 엄마들이 서서히 말이 거칠어 가고 결국 폭군으로 변해 가는 것을 보면, 큰소리 칠 일 없는 나와는 확연히 다르게 느껴진다. 최근에 아들을 데리고 목욕탕에 오는 아버지들을 보면 조금 부럽기도 하고 한편으로 이상하게 느껴지기도 한다.

사랑스런 딸은 자라면서 많은 추억을 우리에게 선물해 주었다. 그 추억들을 다 쓰려면 이 세상의 모든 A4용지가 모자랄 것이 분명하다. 그중에서 하나를 들어 보면, 5살 때 내 생일을 위해 해 준 딸의 생일 이벤트다.

나는 전주에서 대구 집으로 왔는데 딸은 열심히 내 생일을 엄마 몰래 준비해 놓았었다. 나를 침대에 앉게 하더니 눈을 감으라고 했다. 그러더니 거실에서 침대까지 뛰어와 내 품에 안기면서 "아빠! 선물이 왔어요." 했다. 자기가 선물이라나. 다른 선물도 준비했다며 평생 무료 안마 티켓, 20회 구두닦이 티켓과 스케치 북에 근사한 생일 케이크를 그려서 내밀었다.

그리고 저녁 식사를 마친 후 아빠를 위한 축하공연을 열었다. 딸은 노래를 부르고 엄마에겐 춤을 추라고 하였다. 그날 나는 진한 감동을 받았고, 딸을 키우는 재미를 확실히 알게 되었다. 그 후 나는 딸이 더 크기 전에 본전(재롱?)을 빼기로 마음속으로 작정한 적이 있다.

그런 딸이 어느새 훌쩍 커서 대학 3학년이 되었다. 1학기를 마치고 7월 26일에 1년 예정으로 미국에 교환학생으로 떠난다는 것이었다. 우리 부부는 딸에게 뭔가 기억에 남을 추억 여행을 제안했고, 셋이서 시간을 맞춰 경주로 1박 2일 추억 여행을 떠났다. 경주 일원을 여행한 뒤 H호텔에서 잠을 자고, 다음 날 감포에 있는 문무왕릉과 동해안을 끼고 드라이브를 하고 대구로 돌아오는 일정이었다.

신라인의 숨결이 아로새겨진 그 긴 역사의 실체인 경주를 짧은 시간에 다 돌아볼 수는 없는 노릇이었다. 그래서 딸의 의견을 존중하여 무엇이 제일 하고 싶은지 물어보았다. 우리 부부는 여러 번 경주를 방문하였기 때문에 딱히 가야 할 곳을 마땅히 찾지 못하였다. 딸은 고민을 하더니 결국은 도자기 체험을 하고 싶다고 했다.

그래서 찾아간 곳이 경주 민속공예촌에 있는 도자기공예 체험장이었다. 민속촌에는 여러 군데의 체험장이 있었지만, 그 가운데서도 도자기가 많고 실제 작업을 하고 있는 집을 찾아 들어갔다.

도자기공예 체험은 작품 1점당 만원의 비용과 작품 완성 후 택배비를 부담하는 조건이었다. 우리는 각자 무엇을 만들지 고민하다가 나는 과일 등을 담을 수 있는 큰 접시를 만들기로 하였고, 딸과 아내는 컵을 만들기로 하였다. 가장 쉽게 만들 수 있고, 생활을 하면서 사용할 수도 있고, 매일 보면서 추억을 반추해 볼 수도 있는 일거삼득의 가치가 있어서 그렇게 결정한 것이었다.

우리는 나름 도우미의 손길을 받아 가며 심혈을 기울여 세상에 하나밖에 없는 작품을 만들기 시작했다. 영화 〈사랑과 영혼〉에 나오는 장면은 아니었지만, 하여튼 최선을 다하여 각자의 작품을 완성시켜 나갔다. 아내는 멋진 순간을 잡으려 열심히 스마트 폰의 카메라를 눌러 댄다. 하지만 작품이 어떻게 나올지는 상상이 되지 않는다. 유약을 바르고 딸과의 추억을 새기기 위해 의미 있는 글씨를 써 넣었지만 어떻게 구워져서 작품이 나올지 궁금하기만 하다.

숙소 근처에 있는 해물탕 집에 들러 맛있게 저녁을 먹고 보문호수 주변을 산책하려니 비가 내린다. 아쉬운 발걸음을 돌려 호텔방에서 지금껏 딸이 성장한 이야기, 앞으로 무엇을 하며 어떻게 살아갈 것인지에 대한 이야기들을 나누었다. 최대한 편한 옷으로 갈아입고 세상에서 가장 편한 자세로 말이다. 많은 이야기꽃을 피운 후 우린 꿈나라로 빠져 갔다. 아침 늦게 일어나 한껏 여유를 부린 뒤 푸른 동해바다의 맛있는 밥상을 찾아 출발하였다.

덕동호를 돌아 들어가니 녹음이 짙은 계곡이 굽이굽이 마주선다. 산마루를 넘지 않고 터널을 지나 통과하니, 대학 시절 버스를 타고 꼬부랑 재를 넘던 생각이 떠오른다. 빠르고 편리해졌지만 멋진 낭만은 사라졌다. 조금 달리니 해병초소가 나오고 눈앞에 바다가 펼쳐진다. 감포다. 갈매기들이 삼삼오오 모래사장에 앉아 있다. 해풍이 싱그럽다. 찰랑거리는 파도가 문무대왕릉을 들락거린다. 신라 사람들은 어떻게 바닷속에 무덤을 만들 생각을 했을까?

바다가 내려다보이는 횟집의 멋진 창가에 앉아 전복죽으로 늦은 아침을 먹었다. 바다가 통째로 몸속으로 들어오는 기분이다. 역시 먹는다는 것은 무엇보다 행복 1순위인 것 같다. 딸도 무척이나 좋아한다. 추억 만들기 여행을 잘 왔다는 기분이 가슴속을 가득 메운다.

해안을 따라 드라이브를 하다가 하얀 파도의 포말이 아름다운 레스토랑 '지중해'에 들렀다. 갈매기 두 마리가 낮게 날며 사랑을 속삭

인다. 파도의 노랫소리가 청아하다. 인증샷을 하고 우리만의 이야기 꽃을 피워 낸다. 가족이란 이래서 편하고 너무 좋다는 느낌을 가지게 한다.

경주 시내의 맛있는 한식으로 늦은 점심을 먹고 첨성대를 구경하였다. 앞에 보이는 반월성은 친구처럼 정답게 앉아 있다. 철 이른 코스모스가 하늘거리고 흰 구름 둥실 떠간다. 이런 여유 있는 여행을 언제 다시 할 수 있을까? 삶이란 항상 순간인 것을 모르고 순간을 건성으로 보내는 우리들이다.

딸이 미국으로 떠난 후, 도자기 작품이 택배로 집에 도착하였다. 생각을 훨씬 뛰어넘는 멋진 작품이 배달되었다. 딸과 아내의 작품은 앙증맞고 귀엽지만 내 작품은 정말 멋있다. 약간은 기형으로 멋을 부려서, 꽃을 예쁘게 그려 넣어서, 딸과의 추억을 기념하는 말을 넣어서이다. 아내는 정년 후 도자기 만드는 쪽을 택하면 어떻겠냐고 넌지시 비꼬면서 말을 건넨다.

작품 사진을 찍어 태평양 건너 있는 딸에게 따끈하게 전송해 주었다. 딸은 추억을 되새기듯 호들갑을 떨며 한껏 지난날의 추억에 들뜬 목소리로 전화를 했다.

너무 괜찮은 추억 여행이었고, 덤으로 멋진 작품도 갖게 되어 정말 행복하다고……

머그잔의 추억

여행이란 일정 기간 일상에서 도피하는 것이 아니라
우리 인생을 재발견하는 일이다.
- 로프 포츠 -

사람은 대부분 여행을 좋아한다. 막상 여행을 떠나 보면 힘들고 음식과 잠자리가 바뀌어 고생을 하면서도 말이다. 여행을 좋아하는 이유는 일상을 벗어나서 자기가 사는 동네와는 다른 멋진 풍경, 다른 생활양식, 맛있는 음식 등을 기대하기 때문일 것이다. 간혹 멋진 이성이라도 만나 사랑을 하게 된다면 금상첨화일 것이다.

여행을 떠날 때는 많은 것을 준비하지만 그중에서 꼭 챙기는 것은 사진기이다. 본 것들을 잊지 않고 추억에 남기기 위해 나름 열심히 사진을 찍는다. 디지털 사진기가 나오기 전에는 사진을 찍어 현상하는 일이 큰일이기도 했고, 사진을 나누어 갖는 것은 꽤 성가시기도 했지만 한편으론 큰 행복이 되기도 했다. 사진을 정리하여 앨범에 차곡차곡 정리하여 그야말로 추억의 장을 만들어 놓고, 심심하면 꺼내보고 추억을 반추하는 일은 인생에 작은 꽃을 수놓는 기분이다.

사진이 디지털화되면서 사진의 중요성이 좀 줄어 느낌이 든다. 누구나 쉽게 찍을 수 있고, 쉽게 지울 수 있어서, 아님 돈도 안 들이고 누구와도 쉽게 공유할 수 있어서가 아닌가 생각된다. 세상은 너무나 편리해졌다. 스마트 폰의 등장으로 세상의 모든 일을 손안에 품게 된 것이다.

나도 열심히 사진을 찍는 사람 중의 하나다. 2000년도 이전에는 사진 현상하는 데 많은 돈을 들였다. 그리고 앨범을 사서 정리하니 그 앨범의 무게와 부피가 장난이 아니었다. 그래서 이사할 때 큰 짐으로 다가와서 앨범에서 사진을 꺼내는 작업을 할 수밖에 없었다. 하지만 사진을 들춰 보는 일은 해가 갈수록 정말 드물어졌다.

디지털로 사진을 찍은 후부터 CD에 사진을 보관했지만 영구적이지 않아 외장 하드를 구입해 사진을 정리하였다. 거의 10년 넘게 모아 온 사진을 정리해 외장하드에 넣었는데, 어느 날 갑자기 작동이 되지 않아 큰 낭패를 본 적이 있다. 복구 전문회사에 맡겼는데도 결국은 복구하는 데 실패해서 상실감이 이만저만 큰 게 아니었다.

이 글을 읽고 있는 여러분도 특별한 대책을 세우시길 바란다. 세상에 영구적인 것이 있겠냐만 그래도 믿었던 것에 배신을 당한 느낌이라고 할까, 허탈한 감정은 지울 수 없었다. 그 많은 디지털 사진을 자주 볼 수 있는 형편이 되지 않는 것은 현상한 사진이나 다를 바가 없다.

나는 여행을 하면 머그잔을 사는 버릇이 있다. 아니, 머그잔을 모으는 취미라고 해야 하나. 하여튼 모은 머그잔이 100개쯤 되는 것을 보면 많이도 돌아다닌 것 같다. 머그잔은 본질상 장식장이나 책장, 기타 잘 보이는 곳에 놓아두게 된다. 머그잔에는 여행지의 특징을 잘 나타내는 그림, 사진, 혹은 멋진 글씨가 있어서 여행 간 곳을 추억하기에 좋은 것 같다. 특히 사진과 비교해 볼 때 말이다. 머그잔을 사는 다른 이유 하나는 대부분 도자기로 구워져서 변하지 않는다는 장점이 있기 때문이다.

머그잔은 모양과 크기가 독특하다. 나라마다 여행지마다 다른 머그잔을 사서 모으는 재미는 의외로 크고 장식의 가치도 있다. 처음에는 욕심이 나서 큰 것, 무거운 것도 사 모았지만 이사를 해 보니 그것 또한 만만하지 않았다. 그래서 최근에는 작고 예쁜 것, 독특한 것만 사 모은다. 머그잔 속에는 나만의 여행 추억이 아로새겨져 있다. 나는 슬쩍 머그잔만 보아도 여행한 곳의 추억을 떠올리며 머그잔과 대화를 나누는 버릇이 생겼다.

때로 커피나 차를 마실 때 여행지에서 사 온 머그잔을 사용하기도 한다. 지나갔지만 생생한 그때의 기분을 느끼기 위해서 말이다. 캐나다의 밴쿠버에서 사 온 금색문양이 아름다운 머그잔, 오리건의 연어가 새겨진 머그잔, 미국 샌디에이고 씨 월드의 고래 모양의 머그잔, 풍차가 그려진 네덜란드의 머그잔, 호주의 캥거루가 있는 머그잔, 네팔의 히말라야가 그려진 큰 머그잔, 이스라엘의 오병이어가 모자이크로 수놓인 머그잔, 중국 병마총의 문관의 얼굴이 있는 머그 잔 등 모든 머그잔들은 나름의 스토리를 간직하고 나에게 말을 걸어 온다.

내가 지도하는 동아리의 학생들이 처음 우리 집을 방문했을 때, 학 생들이 눈을 동그랗게 뜨고 머그잔을 너무나 신기해하였다. 나는 학 생들에게 가고 싶은 여행지의 잔을 고르게 하여 좋아하는 음료수를 따라 주고 마시게 해 주었다. 학생들은 마냥 좋아하면서 이런저런 이 야기로 꽃을 피우며 나름 하나씩의 아름다운 추억을 만들었다고 좋 아하였다.

교수님은 은퇴하시면 바리스타 자격증을 따서 카페를 열면 좋겠다 고 이구동성 추천을 한다. 오는 손님들이 머그잔을 선택하고 거기다 커피를 마시도록 배려하는 아이디어로 말이다. 또한 여행지에서 찍 은 사진을 벽에다 걸고, 서가에는 교수님의 시집을 배치하여 아주 분 위기 있는 카페를 만들면 대박일 거라고 하면서 이참에 한옥마을에 집이라도 알아보자 한다.

생각만 해도 가슴 뿌듯하고 벌써 추억과 낭만의 부자가 된 듯하다. 정년 후 뭐할까 고민들인데, 난 머그잔을 보며 앞날을 생각해 보니 그 상상만으로도 기분이 째진다.